巻き込まれ召喚!?
そして私は『神』でした?? 3

A L P H A L I G H T

まはぷる

Mahapuru

アルファライト文庫

レナン
ノラードの町の役人見習い。今回、タクミの護送任務を押しつけられる。
イセリュート
SSランク冒険者で、別名『剣聖』。
タクミ
先日定年退職した平凡な男。異世界ではなぜか若返っている。職業は『神』だが、本人はよくわかっていない。
ダンフィル
アンジーの護衛人。元Aランク冒険者。
アンジー
アルクイン侯爵家の令嬢。男勝りなタクミの婚約者（仮）。

シレストン
クロッサンドの執事。主君に嫌気が差している。
イリシャ
『影』と呼ばれるSランク冒険者。タクミの命を狙っている。
クロッサンド
サランドヒルの街に住む伯爵。傍若無人で評判は悪い。
Characters

目次

第一章　神の門出は獄中から

こんにちは。

私の名前は斉木拓未と申します。

高齢期一歩手前の、老年といっても差し支えない六十歳の男です。

この度、ついに私も定年退職を迎えまして、第二の人生を日本にて平和に暮らしていたのですが……人生、なにが起こるかわからないものですね。どういう因果か、現在では若返り、なんと異世界の人となってしまいました。

馴染みのないこの異世界、日本と比べてかなり物騒でして。

いきなり魔物十万の大軍と戦うことになったのもさることながら、魔物の巣窟での一波乱、海峡での大イカ退治、エルフの森での騒乱と――これまでの人生で経験したこともない、実に珍妙な出来事が目白押しでした。

ここファルティマの都では、大宗教組織のお家騒動に巻き込まれ、散々な目に遭いました。

それもどうにか一段落し、次はペナント村の魔物退治で知り合った冒険者パーティ『青狼のたてがみ』のみなさんとの約束を果たすべく、彼らの待つラレントの町へ向かおうと、定期馬車の停留所へと歩いていたのですが……

とある路地の手前で、声をかけられました。

外套で全身をすっぽり覆っていますが、はだけたフードから覗く素顔は十五歳くらいの少年です。こちらでは十四で成人だそうですから、少年というのは失礼かもしれませんが。

「先日は、茶を馳走になった」

馳走？　年齢の割に古風な話し方をする子ですね。

ただ、ご馳走したと言われても身に覚えがありません。人違いかなにかでしょうか。

……いえ、身に覚えはありませんが、見た覚えがありますね。先日、喫茶店で『青狼のたてがみ』のみなさんと同席したときにいた子じゃないですか。

結局、この子のお茶代まで払いましたが、あれは世間一般ではご馳走したのではなく、たかられたというのでは？

まあ、お茶の一杯程度で目くじらを立てるのも大人気ないですからね。

「それはどうも。私になにかご用ですか？」

ふと気づいたのですが、外套の裾から細長い棒のようなものの先端が飛び出しています。

これは――もしかして、刀の鞘でしょうか。

「ふむ、そうさな。用があるので声をかけた。ここは人目がある。内密に話がしたい。場所を移そう——ついてくるがいい、今世(こんせ)の神よ」

案内されて向かったのは、入り組んだ路地を抜けた先にある空(あ)き地でした。

ここは、ファルティマの都を取り囲む外壁(がいへき)のすぐ内側に位置しているようで、目の前には高い壁(かべ)がそびえています。

「どうだ？　なかなかの穴場だろう？　この辺りを散策(さんさく)しているときに見つけてな。まあ、座れ」

資材置き場も兼(か)ねているのでしょうかね。ところどころに丸太や角材が積(つ)まれており、少年がそのひとつに腰かけます。

「これはどうも」

私も少年に倣(なら)い、すぐ近くの丸太に座りました。

たしかに、人が溢(あふ)れている都の喧騒(けんそう)とはかけ離れた静かな場所ですね。

建物群(ぐん)が少し離(はな)れているのは、外壁のそばは年中日影になるという日照上の問題があるからでしょうか。あるいは、有事の際の通行路の確保なのかもしれませんね。

とにかく、ここら一帯は都での完全な空白地帯となっているようです。

「出発の時間もありますから、手短にしていただけるとありがたいのですが」

正直に言いますと、あまり悠長にしている時間はありません。

定期馬車の出発時間まで、あと一時間半ほど。移動に三十分として、残りは一時間くらいしかありません。手続きも済ませないといけませんから、実質三十分の余裕があるかどうか。

こちらでの馬車の出発時間は、日本での飛行機並みにシビアで、遅れても待ってはくれません。しかもその割に、前触れなく発車時刻が変わることもありますから、要注意です。

本来は、こうして見ず知らずの子の相手をしている時間はないのですが……

ただこの少年、なんだか気になるのですよね。

言葉遣いはともかくとして、声はまだ年相応に幼さを感じます。変声期を終えたばかりといったところでしょう。

しかしながら、先ほどの意味不明な〝神〟発言もそうですが、滲み出る雰囲気というか貫禄というか、明らかに年齢にそぐわない重みがあります。

「そういうな。三十分もかからんよ」

（三十分もかかったらアウトなのですが……）

思いはしても、話が先に進みませんので黙っておきます。

「まずは名乗っておこう。儂は冒険者で、『剣聖』イセリュート」

イセリュートくんですか。

剣聖――かの戦国時代の剣豪、上泉信綱や塚原卜伝のようです。

先ほど外套の下から覗いていたのは、やはり刀だったみたいですね。剣聖というからには、この歳でとてつもない剣の達人なのでしょうか。

「――と、言いたいところだが……実はお主と同郷でな。本名は井芹悠斗。お主も日本人だろう？」

「…………は？」

一瞬、告げられた言葉の意味がわからずに、目の前でにやつく少年を見ます。

黒髪に黒目。見慣れた面差し。ふむ、言われてみますと、典型的な日本人っぽいですね。

「って、ええーー!!」

まさか、こんなところで同じ日本人に出会うとは。てっきりこの異世界にいる日本人は、この間召喚された私たち四人だけだと思っていました。

「いやはや、そこまで驚いてもらえると、正体を晒した甲斐があったというものだ」

少年――井芹くんでしたか。片膝を叩きながら、からからと大口を開けて笑っています。

「そうでしたか……私は斉木拓未です。もしや、きみも召喚されて……？」

「ああ。お主とは別口だがな。儂がこの世界へとかどわかされてきたのは、もう五十年も昔のことになる」

「――ええっ⁉　五十年ですか⁉」

驚きに次ぐ驚きで、顎と喉がおかしくなりそうですね。

「はあ……いえ、騒ぎ立てて失礼しました。でしたら、あなたは今おいくつなので？」

「すでに六十を数える身だ」

となりますと、この異世界に来たときは十歳ですか。今の見た目年齢よりも若い頃とは。

……ん？　井芹悠斗くん？　どこかで聞いた覚えがあるような……

「あ！　思い出しましたよ！　悠斗くん神隠し事件――当時、小学四年生の男の子が失踪したということで、新聞やテレビでも大々的に報道されていました！　近隣に住んでいて、同い年の子供だった私もよく覚えています！」

「ほう、同郷どころか同級とは奇遇だな。それにしても、儂のことでそんな大事になってしまっていたとはな」

「同い年というだけで、なんだか嬉しくなってしまいますね。当時は大変な騒動でしたよ。連日、テレビでご両親が懸命に訴えかけられていて――……申し訳ありません。今のはさすがに無神経でしたね……」

いけませんね。私にとっては、過ぎ去った遥か昔の出来事ですが、こうしてここにいる井芹くんにとっては、今なお続いている現在のことです。失言でした。

「いやいい、気にするな。もう半世紀も昔のことだ。儂の親は高齢だったからな、もう存命はしていまい。このようなことになり、両親には不義理をしてしまった……」

　不用意な私の発言で、ちょっとしんみりしてしまいました。こうしていますと、余計に当時の記憶を思い起こさせてしまいそうですね。

「あの、井芹くん、でいいですか？」

「構わんよ。日本名で呼ばれるのも懐かしくてよいものだ。儂も斉木と呼ばせてもらおう」

「それはもう、なにせ同級生ですから。それで井芹くんですが、六十歳にしてはずいぶんと若々しく見えますね」

「いっそ幼いと断じてもらって構わんぞ？　それに見た目については、お主も大して変わるまいに」

「……もしかして、井芹くんも若返って？」

「そういうことだ。もともと童顔なのを気にしていたのだが……それでも三十路になる頃には、髭面のいい感じになったのだがな。その後に『剣聖』の職を得てから〈状態無効〉スキルが発動してこのざまだ。老化も異常状態として無効化されてしまうらしい。斉木も同じだろう？」

　なんと、この異世界に来てからの私の若返りも、そういう原理だったのですか。うろ覚えではありますが、以前に『闇夜の梟』のリンサールさんがそれらしき単語を呟いていたような記憶がありますね。

私、そういうスキルも持っていたのですね……新事実の発覚です。

「老化が無効化されると、肉体は最盛期に戻るらしい。儂の場合が十八程度で、斉木の場合が二十歳ほどなのだろう。こちらの世界では、日本人はそれ以上に若く見られがちだ。成人前の小僧扱いされることもあって、困ったものだ」

日本人を見慣れている私でも、十八歳どころか中学生くらいにしか見えません。こちらでの成人の十四歳未満に勘違いされてしまうのも頷けますね。

気にされているようなので、口にはしませんが。

「おっと。ずいぶんと話が逸れてしまったな。同郷の者と話すのは久方ぶりで、興が乗りすぎてしまったか」

そういえばそうですね。

私もすっかり定期馬車のことを忘れていました。猶予はあと二十分程度でしょうか。

「では、さっそくたしかめさせてもらおうか」

井芹くんが腰を上げた途端、気配が変わりました。

今までの温和な雰囲気がまるで幻だったかのように、空気が肌を刺すようにぴりぴりして痛いほどです。これは——殺気というやつではないのでしょうか。

「あの、井芹くん。なにをするつもりなのです……？」

「いやなに、長年染みついた剣士の性分でな。知りたいことは剣で語り合うことにしている」

いえ、そんな、それはちょっと無茶苦茶な理屈ではありませんか？

しかしながら、井芹くんの表情には冗談の欠片も窺えません。

翻した外套の下には、身体に見合わぬ長刀を差しており、右手はその柄に添えられています。両足をやや広めに開いて立ち、上体を斜めに傾けて、中腰で腰だめに構えた姿勢は、いわゆる居合抜きではないでしょうか。

「――斉木、死ぬなよ？」

「そんな殺生な!?」

時代劇でのお手本のような、神速の抜刀術でした。

刀を抜いたと思った次の瞬間には、刀身が鞘に収まっています。抜いた刀を一度振り抜いたのは、なんとなく理解できました。

無我夢中でしたので、自分が躱したのか、向こうが逸らしてくれたのかはわかりませんが、なんとか五体満足で生きているようです。

「し、心臓に悪いですね……」

「ふむ」

狼狽えるこちらを無視して、井芹くんはなにやら納得したようです。

なんだというのでしょうね、いったい。

「自分で気づいているか？　斉木は今、儂の刀の軌道を目視してから、身を躱したのだぞ？」

「そ、そうなんですか？　よくわかりませんでしたが……」

「本当に理解していないという面だな。冒険者の最高峰――『剣聖』の最速の剣技を、完全に見切っていたのだ。つまりは、それほどこの儂との身体能力に差がある証左にもなる」

「は、はあ……？」

「……はあぁぁぁぁ……」

ええええ……

一方的に斬りかかられた上、これ以上ないくらい呆れたように、肩を竦めて物凄い溜め息を吐かれたのですが。

「儂は、相手の能力を見透す〈真理眼〉のスキルを有している。その馬鹿げた身体能力値の真偽を見極めようとしたのだが……本人が自覚すらしていないとはな。呆れを超えて笑えてくる」

「そう言われましても……なにがなにやら」

もう困惑するしかありません。

「まあいい。知らぬ者に知れと強要するのも酷か。して、斉木。ステータスを見せてみろ。それすらも知らないとなるとお手上げだが」

「はい、大丈夫です。それなら知っていますよ」

「そうか。ではまずはこれを見ろ。儂のステータスだ。ステータスオープン」

井芹くんが、私の肩に身軽に飛び乗ります。

他人のステータスは、お互いが触れ合っていないと覗けないのは知っていますが、なぜ肩車なのでしょうね。別にいいですけど。

レベル298
HP　84600
MP　680
ATK　5830
DEF　5360
INT　1048
AGL　6103
職業　剣聖

　おおっ、他人のステータスにお目にかかるのは、実に久しぶりですね。このところは、自分のさえまったく確認していませんでしたから。

「すごいですね……圧巻のレベル２９８ですか」

　以前、一般兵の平均レベルは20と『勇者』のエイキに教えてもらった覚えがあります。そのエイキですら、当時のレベルは40ちょっとだったはずです。

　３００に迫るとか、どれだけなんでしょう。さすがは荒事専門の冒険者の中でも最高峰なだけのことはありますね。

「ほう、レベルの概念はあるのか」

「ええ。以前に教えてもらいまして。レベルの数値が高いほどいいと聞き及んでいますよ」

「この数値を念頭に置いて、次は斉木のステータスを見せてみろ」

「わかりました。ステータスオープン」

レベル2
HP　999999
MP　999999

ATK　99999
DEF　99999
INT　99999
AGL　99999
職業　神

なんともはや、変わり映えしない表示です。

「いや～、たったのレベル2ですね。井芹くんのレベルを見た後ですと、お恥ずかしい限りですね」

「…………」

ぱかんっと、井芹くんから小気味よく後頭部を殴られました。

いくら目の前のちょうどいい位置にあるからといって、木魚よろしくお手軽に小突かないでほしいものです。痛くはないですけど。

「レベルはさておき、他の数値を確認してみろ」

「この意味不明の9の羅列のことですか？」

「阿呆か」

問いかけた途端に、また叩かれました。今度は刀の鞘でです。

痛――くはないですけど、私、なにか悪いことしました？

「レベルはあくまで基準だ。職によっては、レベルが低くても能力値が上回ることはある。斉木はその典型だな。厳密には、能力の高さはレベルの数値に比例しない。重要なのは、各々の数値のほうだ」

……この99999とかですか？

これを見た目通りの数値として扱うと、とんでもないことになりそうなのですが。

「冗談ですよね？　それじゃあ、井芹くんより数倍どころか数百倍もすごいことになってしまいますよ？　井芹くんは最高峰の冒険者なのでしょう？　それはあんまりというものですよ、ははっ」

「その認識で合っている」

「いえいえ、いくらなんでも。私を担ごうとしてますね？」

「たわけ」

またもや頭を叩かれます。って、今度は刀の抜き身じゃないですか！

殺す気ですか⁉　痛くはないですけど！

「刀で斬られたぐらいで傷つくほど、柔でもなかろう」

「いやいや！　刃物なんですから、普通は斬れますよ⁉　血が出ちゃいますよ？　しかも頭なんて、当たりどころが悪いと死んじゃうじゃないですか！」

「現にどうにもなっていないだろう？」

……言われてみますと、たしかに平気ですね。

「偶然、でしょうか？　それとも峰打ちとか？」

「まだ抜かすか」

さらに殴られるかと思いましたが――代わりに降ってきたのは、大きな大きな嘆息でした。

「さすがに疲れてきた。だから、刃物で斬られると怪我をするなどという常識すら通用せぬほど、斉木の身体能力は圧倒的だと申しておるのだ、さっきから何度もな。こちら側に来てから、わずかなりとも傷を負ったことがあるか？　苦痛を感じたことは？　おそらくないはずだ。自分が常識からかけ離れていることを少しは自覚しろ。ここまで来ると、ただの偏屈爺いだな」

んん？　井芹くんは至極真面目な様子で……おふざけで言っているわけではなさそうです。

傷や痛み……そう指摘されますと、記憶にありませんね。

もしや、本気……なのですか？　真実を述べていると。本当に？

「ですが、全項目で9の羅列など、とても正常な数値とは思えませんよ？」

「ふむ。あまりに馬鹿げた数値ゆえに、一見するとたしかにな。だからこそ儂も、自らたしかめようと思い立ったのだ。察するに、上限を超えてしまい、正しい数値が表示しきれてないのかもしれんな。所詮、このステータス魔法は、簡易魔法。もとは職業適性判断用として一般で普及していたものを、その利便性から冒険者が流用したのが始まりだからな。表示項目に手を加えられてはいるが、〝職業〟という多少意味合いが異なる項目名も、その名残だ。数値の上限までは考慮していなかったのかもしれん」

そうだったのですか……レベルの数値の大小は、厳密には強さと関係なかったのですね。周囲の反応から、てっきりこの魔法の不具合かと思い込んでいました。特に気にしていなかったのもありますが。

……んんん？　では、この意味不明の代名詞、〝職業『神』〟とはなんなのでしょう。これも間違いではないと？

おそるおそる訊ねてみますと、井芹くんから呆れたように、頭頂部をぺしんっと平手で叩かれました。

「ふう。お主というやつは……だから最初に告げただろう。今世の神よ、とな。そこに記載されている以上、斉木がこの世界の神で相違ない。儂の〈真理眼〉にも、そのように示されておる」

「……へえ、そうなのですか」

「うむ」

「そう、私が……神様と」

「そうだな」

なるほど。

「…………」

「…………」

「えええええええええ――!!」

本日一番の大絶叫です。

「どうしてそんな、ありえないでしょう!?　納得できるわけないではありませんか！　訳もわからず、ぽっとやってきた者が神様などと！」

「ええい、うるさい。真下で叫ぶでない」

「誰が決めたのですか、そんなこと!?　私は一度も相談すらされてませんよ!?」

「儂が知るか。頭を振り回すな、落ちるだろう」

「第一、いきなり神様って言われましても、私にどうしろというのですかー!?」

「さてな。まずはその叫ぶのをやめろ。やかましいことこの上ない」

ぜはー、ぜはー、と四つん這いになり、大きく息を吐きます。

肩から飛び降りた井芹くんは、隣で仁王立ちです。

「……落ち着いたか？」

「なんとか。すみません、取り乱しました……」

無理やり理解はしましたが、納得は全然できていません。

なんという驚愕の事実でしょう。いかに楽観的な私でも、おったまげました。

神様……私が。私などが。とても信じられることではありませんね。

こちらに召喚されたときに、私を神様に任命した方は、いったいなにを考えていたのでしょうね。行きずりの者を神様になどと……言葉が悪いですが、馬鹿じゃないですか？正気を疑いますね。

「諦めろ。陳腐だが、それが斉木の運命なのだろう」

今にして思い返しますと、思い当たる節がないわけでもありません。運よく傷を負わなかったり、魔法が効かなかったりしたのも、実はそのせいだったのでしょうか。

それに、つい最近もいろいろあったような気がしないでも……ないですが。

そうか……そうだったのですね。とても信じがたいことですけれど。

「運命だとしても、斉木は運がいいぞ？　儂なぞ、こちらに召喚された際は、いきなり死にかけた」

「死に……ですか？」

「儂を召喚したのは、とある裏組織だった。あの召喚の儀では複数人が召喚されるが……主となる一名以外は、いわば巻き添えだ。与えられる職業も、その者以下となる。儂のときは、粗雑な魔法陣で手順も適当だったのだろう。主となる者ですら職業が『剣豪』と、『剣士』に毛が生えた程度でな。儂含めた残り五人の初期職は散々だった。召喚されて早々に、いきなり役立たずの烙印を押されたものだ」

　私のときは、他の三人はすごい職業で、いきなり大喝采の英雄扱いでしたね。

　唯一のハズレだと思われていた私まで当たりだったとなりますと、実は全員大当たりだったわけですね。

「他の五人はどうされたのですか？」

「まず、ひとりは見せしめのために即刻殺された。他の者は異界に連れてこられた心労から、心身を病んだ者、自ら命を絶った者、あとは――」

　わずかに視線を落とし、井芹くんは続けました。

「全員死んだものと思っていい。最年少の儂だけは幸いというか、子供ながらの適応力があったのだろうな、意地汚く生き延び、今もこうして生き永らえておる」

「……大変だったのですね」

「昔のことだ。それでも最初の一ヶ月ほどは、陰で泣きながら過ごしたがね。斉木のときはどうだった？」

「私のときですか？　私たちは……」

　王族が主導したからか、優遇されていましたね。その後の、あの魔王軍とのことは別として。

ただそれを抜きにしても、井芹くんたちのときとはずいぶんと違っていました。

「私は歳もいっていましたので、どうにか。他の若いお三方は——初っ端から、なんだか乗り気でしたね。いきなりこちらにさらわれてきた割には、満更でもなかったような」

「なんだそれは？　精神に異常でもきたしていたのか？」

「いえ、そんなふうではありませんでしたね。むしろ若者感覚としては、そんなに珍しい事態でもなかったようでして」

「……異世界召喚がか？」

「ええまあ、はい」

自分で話していて首を捻りたくなりますが。

反応としては、井芹くんたちのほうが正しいように思えます。なにせ、いきなり別世界にさらわれるなど、不幸以外の何物でもないはずですから。

絶望して嘆き悲しみ、恨みつらみで心折れ、いろいろ患ってしまっても無理はないでしょう。

私とて、これまで培った人生経験と、最年長者としての見栄で保っていたようなものですから、ひとりきりではどうなっていたか想像もつきません。

「……ふむ？　よく理解できんが、時代の流れというものか？　あちらの常識も変わったのだな」

「さて……どうなのでしょうね？　私はつい先日までその日本に住んでいたはずなのですが、そこらへんはとんと」

還暦ふたりで悩みますが、答えは出ません。悩むだけ無駄な気はします。

「とにもかくにも、ようやく斉木も己の立ち位置を理解してくれたようでなによりだ。前置きが長くなりすぎたな。斉木がもう少し面倒臭くなければ、これほど手間はかからなかったのだがな」

〝ようやく〟の部分に、やたら熱がこもっています。耳が痛いですね。

とはいえ、私としましても、これまでいろいろと謎として放置していた疑問に解答を得ましたので、ありがたいことではあります。ただし、必ずしも手放しで喜べる結果ではありませんでしたが。

（まだ信じられません……私が神様。……もしや、ドッキリとかではないですよね？）

ちらりと井芹くんを見遣りますと、すんごい目で睨み返されました。しつこいといわんばかりです。

「さて、これでやっと本題に入れる」

「本題、ですか……？」

「まずはおさらいだ。斉木は肉体強度は金剛石以上、逆に力は金剛石をも砕く。さらには、あらゆる無効化スキルで、この世の一切の物理攻撃は通じない。剣や矢でも斬られず刺さらず、いかな高位魔法であろうとも、髪の毛一本すら灼くことができない。そして、どんな猛毒や薬物も効果がないとくる」

もはや、化物か怪物の類にしか聞こえませんね。

「……なんだか逆に不安を煽ろうとしてませんか？」

「偏屈な斉木は、これくらい過分にいい聞かせておかないと、受け入れようとしないだろう？」

井芹くんは揶揄するように薄ら笑いを浮かべていますが、その瞳にはどこか真摯なる意志が宿っているようにも見受けられます。

「そこで質問だ。なに、身構えなくていい。単なる私的な好奇心の延長のようなものだ。さて、そんな存在となった斉木は、これからどうするつもりだ？」

これから……ですか。

ラレントの町へ行って冒険者に――というのは、井芹くんが求めている答えとは違うのですよね、きっと。

そういえば、神様って冒険者になれるのでしょうか……ああ、いけませんね。また思考が脱線を。悪い癖です。

井芹くんが問いたいのは、〝神様として〟今後どうするか、ということなのでしょう。

（どう答えるべきですかね……？）

しばらく悩んでから、思い浮かんだ答えを率直(そっちょく)に伝えることにしました。

「特にはなにも」

「なにも……とは？」

井芹くんの目が細められます。

「捻(ひね)りはありませんよ。そのままの意味ですね。神様として誰かから指示でもあれば別なのですが、今のところそういったものはないようですし……なにをどうこう変えるつもりはありません。今まで通り、気ままに過ごすつもりです。そんなところでしょうか」

「何者にも屈(くっ)せぬ力と、不滅(ふめつ)の肉体を手にして、世のすべてが思いのままだというのに？　今の斉木なら、素手(すで)で火山を掘(ほ)り進んで、全裸で地下のマグマ溜(だ)まりを風呂代わりに泳いでも、ダメージひとつ負わないような人外(じんがい)っぷりだというのに？」

なんですか、そのたとえ。

すごいというニュアンスは伝わりますが、そのようなことをしては、神様というよりただの変態ではないですか。

「う～ん、興味ありませんね。人間、平凡に生きていくのが一番ですから。便利かなーくらいは思いますけど」

「なんでもできるのだぞ？　その力を使ってやろうと思うことが、ひとつくらいはないのか？」

　困りましたね。そんなことを急に迫られましても思いつきません。

「あ、強いていうのでしたら……」

「やはりあるか、それは？」

「ジャムの蓋を開けるときに便利そうですよね」

「……………はあ？」

　井芹くんの肩がかくんとこけました。

「いえ、ジャムの蓋ですよ。あれって憎らしいくらいに固いことがあるじゃないですか。タオルを使っても、叩いても、温めても全然駄目で。あげく手首を痛めたりもしますので、あっさり開けられるのは便利ですよね」

「いや、解説はいらない」

　あれっ？　現状で思いついた利便性を素直に話したつもりだったのですが。これ、駄目ですか？　駄目なんですか？　固い蓋がすぽんっと開いたら、気持ちよくないですか？

「って、こちらの異世界にも、ジャムの瓶ってありましたっけ」

「ふふっ、ふくく……はぁーっはっはっはっはっ！」

　突然、堪え切れないとばかりに、井芹くんが大笑いを始めました。

「いや、すまんすまん。あまりに予想外でな、意表を突かれた。そこで出てくるのがジャムの蓋とは……本来ならふざけるなと憤るべきところだが、本心から言っていそうなあたり、お主らしいというべきか」

なんでしょう。貶されているのでしょうか。

「真面目な話もしますと、もし私が今の見た目くらいの年齢でしたら、もしかすると野望なり野心なりを持ったかもしれませんね。ですが、私もこの歳になるまで……人生の酸いも甘いも味わってきました。己の人としての身の丈というものも心得ています。孤高を気取っただけの孤独より、人の輪に交じって一緒に仲良く暮らしたほうが、楽しいに決まっているじゃないですか」

だからこそ、特になにをする気もありません。

もちろんこれまで通り、周りで助けを求めている人がいたら助けますし、困っている人がいたら手助けもしましょう。悪い人がいたら憤るでしょうし、害となる生物がいたら退治することもあるかもしれません。

ただ、それは〝私〟の判断基準であり、〝神〟の判断基準ではありません。なにかの手違いか、私は神様になったようですが、進んで神様になるつもりはありません。

そもそも本当に全知全能の神様でしたら、万物に等しく公平な裁きなりを行なうこともできるでしょうが、生憎と私にはそういった知識も力もありません。なにせ、私は固有の感情を持つただの個人なのですから。

間違いだらけの権力者など、他にとっては害悪でしかないでしょう。

「ですので、私はこれまで同様、喜怒哀楽を持つ一個人〝斉木拓未〟として、暮らそうと思っています」

「……斉木の考えはよくわかった。であればこそ、儂はお主に手向けを渡しておこう。身構えよ」

「井芹くん……？」

後ろ向きに歩き出した井芹くんが、十歩ほど離れた距離で止まります。両手をだらんと下げてリラックスした状態ですが、尋常ではない闘志が噴き出しているように感じます。

帯刀した柄に手は触れられていません。しかしながら、先ほどの居合抜きを仕掛けてきたときと似通った気配があります。

気圧されるように、全身に身震いが走りました。

「歯を食いしばっておけ、斉木。これはいかなお主でも避けられんぞ」

井芹くんの無手が、すっと上段に掲げられました。

これは——

「——必中必滅、秘の太刀〈神殺し〉——！」

なにが起こったのかわかりませんでした。

気がついたときには、井芹くんが背後にいて……身体を真っ二つにされたような激痛が

てしまいます。

全神経を支配していました。

あまりの衝撃に、苦痛の呻きを発することもできずに、私は地面に両手を突いて蹲ってしまいます。

井芹くんは刀を抜いていませんでしたが、なにかに斬られたのは確実です。しかも、その斬られた瞬間をまったく認識できませんでした。

井芹くんが手を掲げた直後、事は既に完了していました。まるで過程を飛び越して、結果だけを与えられた気分です。

吐き気がします。悪寒と冷や汗が止まりません。たしかに直感したのは、〝死〟の気配でした。

「ふむ。やはり死には至らぬか。だがまあ、上出来といったところか」

「……くっ、井芹くん……今のは……？」

ようやく、動けるようにはなってきました。

膝に手を突き、どうにか上体を起こしたところで、井芹くんが手を差し伸べてきます。

「ステータスを見てみろ」

レベル2
HP　8952037

MP　999999
ATK　99999
DEF　99999
INT　99999
AGL　99999
職業　神

HPは体力でしたよね。生命力とも言い換えられるとか。それががっつり減ってしまっています。

「ほう……実際に与えるダメージは百万ほどだったか。これまで対峙した、どんな魔物も一撃必殺だったが……それだけのHPを有する敵がいなかったということか。ふむ、勉強になる」

なにか、物凄く物騒なことを告げられている気がするのですが。

「スキル〈神殺し〉——不可視の刃による、射程無効、防御力無視、回避不可の必殺技だ。技名は名前負けだと、たった今判明したがな」

いえあの、これ私がレベル1のときでしたら、数値的に普通に死んでいた気がするのですが。

「これが手向けですか？　なんとも手荒いですね」

「ああ、そうだ。今の斉木の心根には感心する。だが、人とは心変わりする生き物だ。おそらく斉木はいまだ真なる神として覚醒してはいまい。これは人間以上、神未満の〝斉木拓未〟への贈り物だ」

　なるほどですね。

　つまりは驕るべからず、という訓示なのでしょう。もっとはっきりと、警告や脅迫とでも表わすべきでしょうか。

　いかな神様とはいえ、処断できる者はいる。道を踏み外した末路は覚悟しろ――そういうことでしょう。あの大神官様のように。

「儂はお主を存外気に入った。叶うなら、同郷の同級生を手にかけるような真似をさせてくれるなよ、斉木」

「ええ。肝に銘じておきましょう、井芹くん」

　死ぬほど痛かったですが、これがこの生死の移ろいやすい世界で半世紀も生き抜いてきた井芹くんなりの、激励であり優しさというものなのでしょうね。

　――本当に痛かったですが。ものすっっっごく、痛かったですが。涙がちょちょぎれてしまいましたが。はふぅ。

「さて。これで儂の用事も終わりだ。手間を取らせたな」

「いいえ、私にとっても有益な時間でした。とんだサプライズもありましたが。井芹くんはこのために、わざわざファルティマの都まで？」

「もとは冒険者ギルドからの依頼でな。正体不明のお主を……ギルドまで連れてこいとの依頼だった」

その間が少し気になりますが、なんでしょうね。

「だが、斉木はあの若手の冒険者パーティに加入するのだろう？　待っていればラレントのギルドに自ら赴くというのなら、依頼自体に意味がなくなった。ならば、後は儂の個人的な用件を済まそうと、そう思い立ったまでよ」

よくご存知でしたね。と思ったら、さり気なくあの喫茶店で話の輪に加わっていましたね。

思い返しますと、なんとも豪胆な盗み聞きでした。さすがは『剣聖』。職業が関係あるかはわかりませんが。

……おや？　ラレント？

「あ～～!?　定期馬車の出発の時間がぁ！」

どうしましょう。すっかり忘却の彼方でした。

あれから、どれくらい時間が経ちましたっけ。三十分？　四十分？

神様待遇で待ってもらえるとかないのでしょうか。ないですよね、やっぱり。

「落ち着け、斉木。これから冒険者となろうという者が、そんな無様な姿を晒してどうする。冒険者心得その一、焦ったときこそ慌てるな」

井芹くんが落ち着き払った様子で、外壁沿いの道の一点を指さします。

「仮にも冒険者志望なら、周囲の状況確認を怠らないことだ。心得その二だな。そこからなら停留所まで近道になる。十分もかかるまい」

「おおっ、助かります！」

さすがは冒険者としての大先輩（まだ未加入ですが）だけはありますね。

「それでも、結構ギリギリっぽいですね。では、またお会いしましょう。今度は時間制限なしに、もっとゆっくりと話したいものです」

「どうせお互いに時間とは無縁の身だ。気長に待っておるよ」

思わぬ場所での思わぬ相手との出会いでしたが、同い年の友達というものはいいものですね。

これからは同じ冒険者。またどこかで会うこともあるでしょう。長い付き合いになりそうですね。

私は今、かねてよりの冒険者となる約束を果たすべく、ラレントへの旅路の真っ最中です。

神様と自認してのこれからに、心配の種は尽きません。

――などと思っていた矢先。

「……どうしてこうなったのでしょうね？」

目の前には分厚い鉄格子。周囲を囲むのは、冷たい石壁に石畳。つまり、昔ながらの牢獄というやつです。

なぜか捕縛され、投獄されてしまいました。はい。

思い起こせば三日前。ファルティマの都からの定期馬車に飛び乗り、その後は乗合馬車を乗り継いで、ラレントの町へ向けての順風満帆な旅路――のはずだったのですが。

途中で立ち寄ったノラードという町で逗留手続きをする際に、突然詰めかけた役人さんたちに御用となってしまい、あえなくこのざまです。

さらに、告げられた罪状は『国家反逆罪』ときたものです。こちらの世情にいまだ詳しくない私でも、文字面で大それた罪であろうことは推察できます。

どうも数日前から、私は賞金首として指名手配されていたようですね。なんでも宿場町マディスカで、秘匿任務に当たっていた、王家に仕える専属人員を大量虐殺せしめたとかなんとか、そういう理由のようです。

当然ながら、身に覚えは一切ありません。

たしかにマディスカの町には、ファルティマ行きの馬車を待つために、数日ほどご厄介になっていましたが……それだけです。別段、特筆すべきこともなく、平穏無事な毎日でした。

殺傷事件が起こっていたなどとは、ついぞ耳にしませんでしたから、そこら辺に行き違いがあるのでしょう。

冤罪には違いないでしょうが、ご丁寧に私の顔写真付きの手配書です。現場の役人さんたちに訴えかけても、上からの指令は絶対とのことでして、現状ではどうしようもなさそうです。近日中には王都に移送されて、公開処刑されるとか。

なんでしょうね。これも神の試練というやつでしょうか。

ですが、神の試練とは神様が与えるもので、神様は試練を受ける側ではなかったような気がしますが。

指名手配したのは、あのメタボな王様らしいですので、いっそ大人しく王都まで連れていってもらい、直談判して冤罪を晴らすのが手っ取り早そうですね。

ただ、これでまた、カレッツさんたち『青狼のたてがみ』のみなさんと合流するのが遅くなってしまいそうです。

申し訳ないですから、連絡など取れるとありがたいのですが……難しそうですよね。

まあ、指名手配犯がお仲間というのも問題でしょう。すべては容疑が晴れてから、といったところでしょうか。

牢屋とはいえ雨露は凌げますし、食事もきちんと出るようです。正直、路銀も心許なかったですし、これはこれでありかもしれません。大人しく待つことにしましょうか。

時を遡ること一週間ほど前——王都カレドサニアの王城に、密かに一通の便りがもたらされた。

便りは数多の複雑な手順を経て、とある貴人の私室へと届けられる。

「はあ!? 『鴉』が全滅!? しかも、その事件が表沙汰にだと! なんだそれは!?」

私室を揺るがすように、男性の甲高い怒声が響き渡った。

私室の主にして王城の主である、国王メタボーニが声を荒らげるのも無理はない。

『鴉』といえば、王直属の秘密部隊。表には出せないような王国内部での裏事情の処理を担う、いわば掃除屋。性質上、本来、存在自体が秘匿されるべきものである。

任務遂行のために構成員が死ぬのは珍しくもない。替えはいくらでも利くので、それはいい。だが、その痕跡が残されたまま表沙汰になったのは、由々しき事態だった。

「全滅と申しましても、マディスカに居合わせた三十人のみです」

「何人死んだかなど問題ではない！　そのような些事を問題にしているのではないわ！」

宮廷魔術師長アーガスタの報告に、メタボーニ王は飲みかけだった酒の杯を投げつけた。杯はあらぬ方向に飛んでいき、高価な絨毯を敷き詰めた床に中身がぶちまけられ、赤い染みを作っている。

くるくると転がる杯を一瞥してから、アーガスタは頭を下げた。

「叱責は甘んじてお受けいたします。マディスカは、かの教会の影響下にありまして、隠蔽工作が及びませんでした。しかしながら、連中の身元はあらゆる書類上からも抹消されております。連中の亡骸から、こちらとの繋がりを悟られる心配はございません。また此度の件は、物取り集団の返り討ちとして処理いたします。その点につきましては、ご安心ください」

「……ちっ、ならばよかろう」

やや落ち着いたメタボーニは、酒を注ぎ直そうとして、杯が失われていたことに気づき――テーブルに置いていた酒のボトルを無造作にラッパ飲みした。

平民では一年働いても手が届かないほどの高級な酒を、王は味わう余韻もなく喉奥に流し込んでいく。

盛大なげっぷを吐いてから、王は空になったボトルをテーブルに叩きつけるように置いた。

「して、『鴉』どもを皆殺しにしたというのは彼奴めか？」

『鴉』の構成員は、もとは裏社会に属していたならず者や荒くれ者、重犯罪者上がりばかり。もはや追い詰められ、後がなくなった人間から選りすぐられている。

国の庇護から見離されると、連中の行く末に待つのは惨めな死しかない。ゆえに、彼らにとって『鴉』は最後の拠り所となっている――ひいては飼い主のメタボーニとアーガスタに、絶対の忠誠を誓うことになっているのだ。

連中より腕の立つ輩など、いくらでもいるだろう。しかし、こと荒事や謀略の類にかけては――手段を選ばないという一点で、連中は一流の暗殺者にも引けを取らない。

むしろ、集団として機能する限りは他の者を凌駕するだろう。だからこそ任務遂行率は百パーセント。裏の汚れ仕事を任せるに足る組織であったはずなのだ。

敵の大軍団を打破するのは偉大な英雄かもしれない。が、その英雄を弑するのは、いつの世も名もなき暗殺者だ。どのような傑物であろうとも、四六時中注意を怠らず、外敵を排するのは人の身には不可能といっていい。

しかも今回の標的は、英雄でもなんでもない凡人。任務遂行に忠実な『鴉』どもだけに、手を抜いたとは考えづらい。任務に失敗した者の末路は、かつての仲間の最期で嫌というほど身に染みているはず。

となれば、入念な計画を練った上で、この散々たる結果だったことになる。三十人が返り討ちなどと、どうにも現実味がない。

「運よく生き残った者の話ですと――」

「……生き残った？」

「失礼しました。もちろん、当時生き残っていた者、という意味でございます」

「であろうな。任務失敗して生き恥を晒すなどあり得ぬ」

「はっ。その者の話によりますと、標的の寝込みを襲ったはずが、逆に待ち伏せされていたと……単身なれど、とてつもない強さを持った者であったとのことです」

「ふがいない！　たったひとりにこのざまか⁉　躾が弛んでおるのではないか、アーガスタ⁉」

「お叱りはごもっともにございます。不徳の致すところです。ですが、連中が及ばなかったのは、その者もまた同業者であったからかと」

「同業……暗殺者ということか？」

「はい。同じ暗殺技能持ちなれば、お互いに手の内も読めるゆえ、単純な技量比べになりましょう。多人数で狭い個室を狙ったのが、仇となったのやもしれませんな。もしや、そこからして罠の範疇であったのかもしれません。超一流と呼ばれる真の暗殺者なれば、状況を利して数の不利など覆せましょう」

「ま、待て待て待て待て――！　であれば、彼奴めはそれほどの暗殺技能を有しているということか⁉　冗談ではないぞ！　彼奴が逆恨みでもして、わしの命を狙ってこようものならどうするつもりだ⁉　どどど、どうする、アーガスタ！　おぬしの失策だぞ⁉　こうなれば、警備の兵を倍――いや、三倍にして――」

「お待ちください、王よ。おそらく、そこにいたのは、別人かと思われまする」

「な、なに！　本当か⁉」

「仮面をつけ、黒ずくめではありましたが、体格は小柄で似ておらず、肢体からも、ともすれば女ではないかと。それに深手を負わせており、まだ満足には動けない状態のはずです」

「そ、そうか……驚かせおって」

メタボーニは体裁を整えるように、わざとらしく咳払いをする。

「つまり、彼奴めは襲撃を察知し、凄腕の日陰者を雇うなりして、罠を張っていたということか……危険だな」

「御意。裏にそのような伝手を持つ者なれば、単なる凡人とも思えません。もともと、目的も知れぬ不穏な輩。既にファルティマの『聖女』とも面会を果たしたことでしょう。このまま放置しておけば、反旗を翻してくるやもしれません」

「うむむ……」

「この私めに、妙案がございます」

「なにっ⁉　真か？」

「はい。此度のことを、逆に利用するのです。『鴉』らは、ご存じのように身元不明の集団。ならば、王の勅命を受けて行動していたことを明かすのです。もちろん、真っ当な正規の部隊と称して。さすれば、任務の妨害どころか、虐殺した罪は国家への反逆にも相当しましょう」

「おお、なんとっ！　でかしたぞ、アーガスタ！　まっこと妙案であるな⁉」

英雄を殺すのは、暗殺者。しかし、その暗殺者を罰するのは組織である。

いかな腕の立つ暗殺者も、個人では集団には敵わない。ましてやそれが国家ともなれば、誰も太刀打ちできるわけがない。正義という大義名分を得た時点で、国家は最強の暴力装置と化す。

「唯一の懸念は、忌まわしき教会か……さすがに乞われて恩赦した者を、大々的に賞金首として指名手配したとなると、また鬱陶しく喚いてくるやもしれん。厄介な」

「それについても、ご報告がございます。冒険者ギルドの通信経由の速報ゆえ、まだ未確認ではありますが……あの大司教が先日、失脚したそうです」

「なんと、あの妖怪爺ぃがか⁉」

「はい。心神喪失状態だとか。情報の精度としては非常に高いかと。さらに、冒険者ギルドに潜入させている密偵からの報告では、ギルドもかの者を血眼になって捜しているそうです。表向きの理由は、有能な新人のスカウトとなっているようですが、高ランク冒険者が動いているという情報からも、それだけではないかと」

「いいぞっ！　実にいいではないか‼　なんという吉報だ！」

　したり顔で神の名を持ち出しては、なにかと国政に口を挟んでくる大神官。何十年もその地位でのさばってきた奴が突然の失脚となれば、現状、教会はまともに機能していないはず。もとより、あの大神官以外に、教会で発言力を持つ者は皆無に等しい。

　そして、三英雄の件で少しは意趣返しできたが、年々幅を利かせてくる冒険者ギルド。あまつさえ近年は、国を相手取り、冒険者の活動を優遇する意見陳述や要望嘆願までしてくる始末。生意気なことこの上ない。

「彼奴めを公開処刑にでもすれば、わしの溜飲も下がる。余計な懸念も払拭される。身を挺して助けたつもりの者が処断されたとなれば、『聖女』もわしに逆らった愚かさを知るだろう。ギルドも身内にするつもりだった者を目の前で掻っ攫われて、いい赤っ恥だ。国家への謀反の疑いありとして、罪を捏造してなすりつけるのもよいな。くっくっくっ」

　メタボーニは暗い笑みを浮かべて、ぶつぶつと独白する。

「よい！　これはよいっ！　一石二鳥どころの騒ぎではないぞ!?　これこそ、神の思し召しというものに違いあるまい！　今こそ好機。憂いを除くのに早いに越したことはない。

「手配の件、早急に準備せよ！」

「はっ。かしこまりました」

即日、顔写真とともに、手配書が国内に配布された。

王都から遠く離れたかの地、ノラードの町にその手配書が届くのは、当の本人がその町を訪問する、わずか一日前のことだった。

さて、こうして投獄されてしまったわけですが。

処刑のために王都に連行されるということは、逆説的には王都までの安全は保障されているわけですよね。でしたら、今すぐに無理に脱獄する必要はありませんね。

そもそも、井芹くんの話が正しいのでしたら、この身で危険になることのほうが難しそうな気がします。

先ほど役人さんたちの話をこっそり耳にしたところでは、護送は明日の午後からだそうです。それまでいかにして暇を潰すべきか、そこが現状の問題点でしょう。

「おい、新入り！」

おや？

声につられて振り向きますと、牢屋の奥の暗がりに、誰かいるみたいですね。

「てめえ、新入りのくせにこの俺様に挨拶もなしたぁ、いい度胸じゃねえか！　ああ⁉」

気づきませんでしたが、どうやら先客のようです。

じゃらじゃらと足枷の鎖を鳴らしつつ、巨体を揺らして近寄ってきたのは、いかつい髭面の男性でした。三十代半ばくらいに見えます。すごい迫力ですね。

身の丈二メートルほどはあるのではないでしょうか。直立すると頭が天井に届きそうです。

「これはどうも申し遅れました。私は、タクミと申します」

「遅えんだよ！」

いきなり顔面を殴られてしまいました。乱暴ですね。

「いぃ――痛ってぇー⁉」

相手さんが、拳を押さえて飛び上がります。ついでに、飛び上がった拍子に天井で頭をぶつけ、今度はそちらの痛みをこらえて蹲っています。上へ下へと忙しないですね。

井芹くんの話では、私は金剛石――ダイヤモンドよりも固いそうですので、そんなものを思い切り殴っては無理もないかもしれません。

ちなみに、私はちっとも痛くありませんが。

「それで、あなたはどちら様で？」

「平然と返してくるんじゃねー！」

　そう言われましても。

「ちっ、新入りいびりもダセエしな。これぐらいで勘弁してやらあ」

　どれぐらいだったのかはわかりませんが、もう満足されたみたいです。

　でしたら、最初からやらないほうがよかったのでは、という言葉を呑み込みます。

　平和的に会話ができるのなら、それが一番ですよね。

「んで、おめえ、どんな罪でとっ捕まったんだ？　ひょろそうななりだから、つまんねーことだろうなあ。コソ泥か？　食い逃げでもしたか？　ぐははっ！」

　隣にどすんと腰を下ろし、背中をばんばん叩かれます。

「国家反逆罪らしいです」

「……意外にヘビーな罪名が出てきたな、おい」

　そう言われましても。

「まあいい。てめえが知っているかどうかは知らんが、こういった場所では、立場の上下ははっきりさせとかんといかん。もちろん、新入りのてめえが下で、俺様が上だ。下は上に絶対服従だ、いいな？　まずは金だ。ここを使わせてやるショバ代をよこしな！　他にはそうだな……後で出される晩飯も献上してもらおうか？」

「すみませんが、ご遠慮します」

初対面の方に対して、そのように従う必要性を感じません。理不尽もいいところです。それよりも、ファルティマの都を出てから丸二日、乗合馬車の運行時間の関係上、昼夜を問わず馬車の上でした。

このノラードの町では、久しぶりにベッドで寝られると喜んでいたのですが、こんな事態になってしまうとは。

しかしながら、贅沢も言ってられませんね。平らな床で横になれるだけ、いくらかマシというものでしょう。

正直なところ、こうしている今も、眠くて眠くてたまりません。

「そういうわけで、私は少し休ませてもらいますね」

「そういうわけで、じゃねえー！　舐めやがって！」

馬鹿にしたつもりはないのですが……ただ単に、異様に眠たいだけです。

仰向けに横たわったところに、馬乗りされます。いわゆる、マウントポジションというやつでしょうか。

「がははっ！　これで寝られるもんなら、寝てみろってんだ――よっ！」

丸太のような腕が振り上げられて、岩石のような大きな拳で、鼻っ面を思い切り殴られます。

「くっ、痛つつ――だがなんの、まだまだいくぜえ!?　おらおらおらおら――！」

息つく間のない怒涛の連打です。

「では、お言葉に甘えまして……お休みなさい」

「平然と寝に入ってんじゃねー！」

そう言われましても。

一応は思ってみますが、眠気には勝てません。特に私は、若返ってから睡眠欲には抗いがたくなっているもので。

リズミカルな殴打の音がさらなる眠気を誘い、私は意識を手放しました。

「……うう～ん！」

大きく伸びをします。気疲れしていたのでしょう、実に清々しい目覚めです。

体感的には、四～五時間ほど熟睡したでしょうか。

この牢屋は地下牢となっており、外界と繋がる唯一の窓は、鉄格子の外側にある天窓だけです。

通気用らしく、とても小さい上に、角度的にもわずかに光が差し込む程度のため、そこから正確な時刻はわかりません。

ですが、腹具合からして、夕刻前くらいではないでしょうか。

「あ、おはようございます。先ほどは失礼しました」

辺りを見渡しますと、牢屋の隅で先客さんが体育座りをしていました。

どこか青ざめて、しょんぼりされていますね。

「こっちこそ、たいへん失礼いたしやした。無礼をお許しくだせえ」

なぜかいきなり深々と土下座されました。

私が寝ている間に、なにがあったというのでしょう。

「おや？　手が痣だらけですね……」

青黒く腫れ上がり、血も滲み、なんとも痛そうです。

「いやっ、はは！　お気になさらずに！」

急いで両手を背後に隠しましたが……もしかして、これ、私のせいでしょうか。

自業自得ではあるのでしょうけれど、こうして私が関係したことで痛々しい怪我をしたとあっては、どうにも気の毒になってきます。

とりあえず、治療くらいはしておきましょう。

……とはいえ、ここは牢屋の中。まともな治療用具があるわけありません。

〈万物創生〉で創ったとしても、私の手を離れるとすぐに消えてしまいますからね。効果があるかは微妙なところです。

「薬は……持たれてないですよね？　癒しの魔法とかは使えないのですか？」

「神聖魔法ですかい……？　いえ……」

なんでしょう。さらに気落ちした様子ですね。神聖魔法になにか苦い思い出でもあるのでしょうか。

ん？　神聖魔法……ですか。

そういえば、神聖魔法ってどうなのでしょう。

あの魔法は神様と契約して使うわけですよね。そして、その神様が多分私なわけで……その理屈では、私自身も神聖魔法が使えることになりませんか？

「なんでしたっけ。呪文ではなく――祈り？　癒しの神聖魔法で唱える祈りの言葉などは知りませんか？」

「……言葉だけなら知っていやすがね。そんなことを聞いてどうするってんです？　〝我が神よ願い奉る。大いなる癒しの光を与え給え〟。で、続けて最後に〝ヒーリング〟って感じですかね」

訊ねておいてなんですが、よく知っていましたね、あなた。

信心や神聖などとは無縁そうな風体ですが。もしかして、神聖魔法とは割とメジャーなのでしょうか。

それはさておき。

文言で考えますと――私にお願いします、私から私に癒しを与えてください――なんて、おかしな内容になってしまいますね。

この部分って必要なくないですか？　最後の〝ヒーリング〟だけで事足りるのでは？

とりあえず、物は試しです。やってみましょう。

「ヒーリング」

手をかざして唱えますと、淡い光が私の手を覆い、それが次第に先客さんの両手に移ります。

「お？　おおっ⁉」

「ほう、なるほど……」

みるみる内に傷が癒えていきます。

ぶっつけ本番でしたが、上手くいったようですね。

ほんのわずかな時間で、鬱血や裂傷はきれいさっぱりなくなっていました。

あらためて、魔法とは便利で素晴らしいものですね。日本のお医者さんにも教えてあげたいくらいです。

「今の回復速度――もしや、ハイヒーリング⁉　あんた、高位の神官様だったんですかいっ⁉」

「いえ、違いますが？　神官などの神職にはありませんよ？」

神様らしいですので。

職業、神様。まあ、略して神職といえなくも？

「するってえと、神官でもないのに神聖魔法を？　しかも、神聖魔法で無詠唱って――そりゃあいったい⁉」

ずいぶんと驚いていますね。なにかまずかったのでしょうか。

これまで無頓着でしたが、神様とは縁遠そうな人でもこの驚きようです。時と場合と相手によっては、もっと大事になりそうですね。

やはり、私が神様であるらしいことは、内緒にしておいたほうが無難でしょう。力をひけらかしても、いいことなさげですしね。その逆は大いにありそうですが。

これからは注意することにしましょう。

「いろいろとコツがありまして」

「コツ、ですかい？　そんなもんが⁉」

いきなり両手を握り締められて、大きな図体で身を乗り出してきます。

興奮している……いえ、焦っているのでしょうか。先ほどまでとは違い、なにやら必死そうな面持ちです。

困りましたね。あまり詮索されたくはないのですが。

「おいっ！　貴様ら、なにを騒いでいる‼」

ちょうど、といいますか、いいタイミングで看守の方が姿を見せました。

どうやら、食事の時間のようですね。粗末なトレイをふたつ持って、階段を下りてきました。

鉄格子の戸口から差し出されたトレイを前に、手を合わせます。

メニューは薄いスープと、硬いパンです。

無償提供ですから、文句は言ってられませんね。

食事中は監視されていましたので、ふたり仲良く無言で食事を終えます。

事務的にトレイを回収して、看守さんは去っていきました。

先ほどのひと眠りで、頭もすっきりとしていますし、お腹も一応は膨れました。

では、そろそろ。

「いくつか訊いてもよろしいですか？」

「へいっ⁉　あ、なんですかい？」

静かなので食休み中かと思いきや、なにやら考え事をされていたようですね。邪魔をして悪いことをしました。

「この町に、冒険者ギルドはありますか？」

「ギルドなら、町の西側にありやすが……」

それは都合がいいですね。

「あなたは牢屋暮らしは長いのですか？」

「え、あ、へえ。長いっても三日ほどですが」

「でしたら、看守の方の行動パターンはわかりますか？　具体的には、見回りの間隔についてなのですが」

「晩飯が終わったら、見回りはありやせん。次は明日の朝飯のときですね。それがなにか？」

　これまた好都合ですね。

　ここは地下牢、頑丈な鉄格子の扉は施錠中。階段の上にも外鍵付きの扉もあるようですし、見回りはせずとも充分との判断なのでしょう。

　そもそも、ここは本格的な牢獄ではなく、いわゆる留置場のような場所みたいですしね。

　明日にはこの町を去るらしいので、次回はいつ冒険者ギルドのある町に寄れるかわかりません。今のうちに、用件は済ませておきたいところです。

「ちょっと出てきます。一時間ほどで戻りますので」

「へ？　へえ……出る？」

　鉄格子に近づきます。

　看守さんの持つ牢の鍵を見ていたら、それを創生すればよかったので手っ取り早かったのですが、見逃してしまったものは仕方ありません。

「よっと」

くにっと鉄格子を曲げて、牢の外へと抜け出ます。

「っ!!」

そういえば、この世界の物は、やけに柔らかかったり脆かったりすると思っていたのですが、単に私の力が強いだけだったのですね。思い込みというものは、怖いですね。

「あっと、念のために戻しておいたほうがよさそうですね」

「っ!?」

広げた鉄格子を、同じ要領で元に戻します。

……若干、歪んでいる気もしますが、ぱっと見では大丈夫でしょう。

次は天窓ですね。

真下から見上げますと、窓というよりはただの縦穴です。ご丁寧に、こちらにも地上付近に鉄格子が嵌めてあります。当たり前かもしれませんが。

天井までは二メートル強、天窓というか穴の長さは約三メートル。地上の鉄格子までは、合計で距離五メートルほどといったところでしょうか。

「ほいっと」

「っ!?」

一息にジャンプして、鉄格子に飛びつきます。後は牢屋のときと同じく格子をくにっと曲げて、空いた隙間から逆上がりする要領で爪先から身を捻じ込んで外に出ました。

こうした軽業師的な身軽な動きも、エルフの里でハディエットさんたちから見よう見まねで学び、ずいぶんと得意になったものです。いまや、密かな自慢だったりします。ふふふ。

どうやら、出た先は役人さんたちの詰所の裏手のようですね。雑草が伸び放題の空き地で、目立たない場所でなによりです。

外は夕暮れ時。あまり留守にして、職務に忠実な役人さんたちにご迷惑をかけてもいけませんね。

「えー……たしか、町の西側でしたね。西、西と……こっちですかね？」

私は冒険者ギルドへ向けて、歩き出しました。

来訪早々、いきなりお縄になってしまって知らなかったのですが、このノラードはそれなりに賑わっている町のようですね。
夕暮れではありますが、まだまだ人通りが途切れる様子もなさそうです。むしろ、これから夜の町に繰り出そうとしているところでしょうか。

冒険者ギルドに顔を出すつもりなのですが、なにせ今の私は投獄中の身、あまり人目につくのはよろしくありません。

賞金首として指名手配中で顔写真が出回っているからには、最低限顔は隠す必要があるでしょう。

道行く人には、冒険者さんらしき方々も、ちらほら見受けられます。

中には全身重装備で、ご立派な兜をすっぽり被っている方もいます。ああいうの、よさげですよね。あれでしたら、初見で正体を見破れる人はいなそうです。

と言いましても、普段着に兜だけ被るのは、さすがに不格好でしょう。鎧も一緒なら均整が取れるかもしれませんが、着慣れていない金属の塊を纏った状態で満足に歩けるのか、そっちのほうが疑問です。

変装の定番、目出し帽ではいかにも怪しいですよね。覆面を被っている人も見当たりません。どうしましょう。

う～ん。でしたら……そうですね、ここは仮面あたりが無難でしょうか。金属製の仮面でしたら、防具として冒険者さんがつけていてもおかしくはないと思います。

縁日のお面のように、顔の表面だけを覆うものですと、不意な弾みで外れる恐れがありますから、頭部をすっぽりと覆うようなフルフェイスタイプがいいですね。

冒険者さんの兜ほどゴテゴテしておらず、そこはかとなくスタイリッシュで——突飛なデザインは逆に目立ってしまいますので、異世界でも共通してありそうなデザインで……あ。そうそう、あれなんてどうでしょうかね。幼い頃にテレビで見かけたあれ。あれでしたら、すべての条件を満たしていそうです。

『――――、クリエイトします』

創生した仮面を被ってみます。

うん、元々の形状が同じなだけに、頭部にジャストフィットです。なかなかいい感じですね。

色だけが派手(はで)な気もしますが、冒険者さんの中には、こういった色を好んで全身を包む方もいるようですから、まあ大丈夫でしょう。

指名手配対策も準備万端(ばんたん)ですので、意気揚々(いきようよう)と冒険者ギルドへ向かいます。

周囲には、明らかに冒険者然(ぜん)とした方々も歩いていますから、目的地は同じでしょう。しれっと後ろについて同行します。

しばらく歩いていますと、冒険者さんたちは次々にとある建物に呑(の)み込まれていきました。

予想は的中したようです。ここがノラードの町の冒険者ギルドで合っているみたいですね。

両開きの扉を押し開けますと、むわっとした熱気と、アルコール臭と複雑に混ざった料理の匂いが溢れてきました。これまでの冒険者ギルドがそうであったように、やはりここも酒場を兼用しているようですね。

たくさんのテーブル席は、ほぼ満席状態です。大勢の方々が酒瓶と料理を手にして、いい感じにでき上がっています。

ノラードの冒険者ギルドは、かなり繁盛していますね。以前に訪れた港町アダラスタの冒険者ギルドとは大違いですよ。

私が入店した途端、物珍しそうな多くの視線を感じましたが、喧騒に呑まれてすぐ消えました。

どうやら、この仮面のチョイスで正解だったようです。

「さて。受付カウンターはどこでしょうね……？」

これまで、いくつかのギルドを訪れた経験ですと……ああ、ありましたね。

奥まった位置にあるカウンターに足を向けます。冒険者さん数人が列を作って並んでいるところからも、こちらで間違いないでしょう。

このカウンターでは依頼結果の報告や、報酬の受け取りをしているみたいですね。時折、歓声が上がってはランクがどうとか聞こえてきます。

なるほど、冒険者ギルドの本来の役割とは、こういった感じのものなのですね。私も将来は、『青狼のたてがみ』のみなさんと、このように一喜一憂するのでしょうか。

三十分ほど待ち、ようやく順番が回ってきましたので、カウンターの前に進み出ます。

「どうも、お世話になります」

「はい、本日はどのような――っ」

机上で書類整理をしていた受付のお嬢さんが視線を上げ、私と顔が合った瞬間、息を呑んだのがわかりました。

「あ、いいえ、失礼いたしました。なかなか独創的な装備をされてるんですね」

にっこりと笑顔を向けられます。

「恐縮です」

こちらもにっこり笑い返しましたが、あいにく仮面のせいで伝わらなかったようです。声もドスが利いたようにくぐもってしまい、逆に引きつった顔で身を引かれてしまいました。

「用件でしたね。他の町にいる冒険者パーティさん宛に、伝言のお願いとかできますか?」

「え、ええ。冒険者ギルドの支部か支所がある場所でしたら、通信によって可能です」

それはよかった。

これで、わざわざ牢を抜け出してまで、冒険者ギルドに足を運んだ甲斐がありましたね。やはり、現状をきちんと『青狼のたてがみ』のみなさんに伝えておきませんと、義理に欠けるというものでしょう。

「ラレントの冒険者ギルドの『青狼のたてがみ』さん宛でお願いします」

「かしこまりました。では、ギルドカードの提示をお願いいたします」

え？　カードが必要なのですか？

ギルドカードといいますと、以前にカレッツさんに見せてもらった、あのカードのことですよね。

参りました。いまだ冒険者ではない私は、そのようなものを持ち合わせているはずがありません。

「……申し訳ありません。私は冒険者登録とやらがまだでして、そのカードを持っていないのですが……どうしたらよいですか？」

「あら、そうなのですか？　でしたら、今から冒険者登録なさいますか？」

ここで勝手に冒険者登録をするのも、ラレントで待っていてくれているみなさんに申し訳ないですね。

「登録なしでは駄目なのでしょうか……？」

「そうですね。通信の利用は、冒険者の方に限られております。ですが、手紙の輸送でしたら、定期便の荷物とともに承（うけたまわ）っていますよ。料金は銀貨一枚です。もちろん、通信に比べて日数がかかることだけはご了承（りょうしょう）ください」

「ええ、構いません。是非（ぜひ）それでお願いします」

「はい。では、そちらのテーブルでお手紙をご用意ください」

便箋と封筒を受け取ります。

「どうもご丁寧に」

これで連絡はなんとかなりそうですね。

それにしても手紙ですか……筆不精になって久しく、手書きの手紙など随分とご無沙汰ですね。今年の年賀状以来でしょうか。

その年賀状もほぼ印刷で、二～三行書き加える程度でしたから、本格的な文章だと十年以上ぶりですね。さて、どのような書き出しにしましょうか。

「え～……拝啓、ご一同様には、お健やかにお過ごしのこと……」

「うわわっ！」

「ああっ、なんだなんだ⁉」

なんでしょう、騒がしいですね。

背にした酒場のほうから、騒々しい音がします。

酔っ払い同士の揉め事でしょうか。嫌ですね。酔って開放的になるのはわかりますが、お酒は静かに嗜んでいただきたいものです。

「このたび私は、国家反逆罪に認定され――うーん、これはまずいですかね。書き直しましょう」

余計な心配をかけるのも忍びないですから、ここは端的に伝えたほうがよいでしょうね。

「うげっ！　なんでここにこんなのがいるんだ⁉」

「きっと荷物の中に潜り込んできちまったんだ！　どうする⁉」

「どうするって、お前がどうにかしろよ‼」

「無茶言うな！　俺はＤランクだぞ！」

「うわー！　こっち来やがった⁉　来んな来んな！」

……ますます騒がしいですね。

これでは落ち着いて文章をまとめられません。

「えーと。王都へ冤罪を晴らしに行くことになり……しばしお待ちを……」

「きゃー！　誰か、Ｂランク以上の奴はいないの⁉」

「ここにそんな高ランカーがいるわけないだろうが！」

「魔法使いはいねーのか⁉　炎で――」

「馬鹿やめろ！　建物ごと燃えちまう！」

「ひぃぃ～！　誰かどうにかしてくれー！」

さすがに騒動が過ぎませんかね？

ペンを置いて振り返りますと、大勢の人たちがギルド内を右往左往していました。もはや乱痴気騒ぎです。

あまつさえ、屋内で武器を抜いている人までいますよ。なんと酒癖の悪い。

察するところ騒ぎの源は、みなさんの周囲をブンブン飛び回っている蜂のようです。普通よりひと回りほど大きい蜂ではありますが、大の大人が集まっていながら虫の一匹くらいでこのような大騒動とは情けない。

みなさん、深酒が過ぎるのではないでしょうか。それとも、大の虫嫌いの人たちばかりとか。

とにかく、このままでは手紙ひとつゆっくり書けやしませんね。

いったん中断し、つかつかと騒動の元へと歩み寄ります。

『新聞紙、クリエイトします』

「くるくるっと丸めまして」

――スパーン！

見事にジャストミートです。害虫退治は、割と得意なんですよね。

にわかに周囲がしーんと静まり返ります。

「あとは虫の死骸を片づけて……おや？　どこに行きました？　……ま、いいですか」

テーブルに戻り、手紙の残りを書き上げてから、受付のお嬢さんに銀貨とともに手渡します。

「ラレントまで、お願いしますね」

「は、はあ……」

なにやら呆(ほう)けた顔をされています。

「あの。どうされました？」

「あ！　さ、差出人名はどのようになさいますか⁉」

タクミ……じゃまずいですよね。指名手配犯ですし。

「ふぅむ、そうですね……では、スカルマスクとでも」

我ながら、いいネーミングですね。見た目通りとは言うなかれ。これなら、正体がばれることもないはずです。

これで無事に私の現状も伝わるでしょう。ひと安心です。手紙の中には『タクミ』と書いていますから問題ありません。

思ったよりも、時間を食ってしまいました。さすがにそろそろ戻らないといけませんね。

訪れたときとは異なり、なぜか静かになってしまった冒険者ギルドを後にして、私は足早に牢へと帰ることにしました。

◇◇◇

その夜の一件は、冒険者ギルドのノラード支所の語り草となっていた。

とある探索(たんさく)帰りの冒険者パーティの荷物に紛(まぎ)れて、町に連れ込まれてしまった魔物――

キリング・ビー。

一見すると通常の蜂と見分けがつかないが、鋼よりも強靭な外殻と、強力な魔法耐性をあわせ持つ厄介な蟲型魔物である。

なにより、ほんのひと刺しで巨大生物をも即死させる毒針から、暗殺者の異名を持つ殺人蜂で、脅威ランクは単体でＢに数えられている。過去にはたった数匹の侵入を許したせいで、いくつもの町が死に絶えたとも伝えられている。

そんな凶悪な魔物をわずかひと振りで粉砕したのは、黄金色の髑髏の仮面を被った男。

人呼んで、黄金の髑髏仮面――その名は、冒険者たちの噂話を通じて、世に広まっていくのだった。

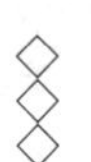

「ただ今、戻りました」

「お帰りなせえませ、旦那！」

夜もだいぶ更けた頃、地下の牢屋に戻った私を出迎えたのは、ざんばら髪の頭頂部でした。

どういうわけか土下座でのお出迎えでしたが、いったいなにがあったのでしょう。

　暗い牢屋の中で、大きな身体を小さく縮こめ（それでも大きいですが）、頭を下げたまま微動だにしません。

「虫のいいことはわかっておりやす！　あっしに神聖魔法を使うコツとやらを教えてくだせえ！　お願いしやす！」

　なんですか、〝あっし〟って、時代劇的な。なんだか言葉遣いがおかしくなっていますよ？

　出ていったのとは逆の手順で牢の中に戻り、とりあえずそこに至った経緯を訊くことにしました。

「あっしは、今はこんな落ちぶれていやすが、昔は神官を志しておりやして……」

　あ、やっぱり〝あっし〟なんですね。彼の中では敬語なのでしょうか。むしろ、いなせな感じがしますが。

　それはさておき、真面目な話のようですので、そちらに集中しましょう。

　その話によりますと。

　彼には歳の離れた妹さんがひとりおりまして、両親を早くに亡くした彼らは、兄妹ふたりきりで貧しいながらも懸命に暮らしてきたそうです。

　しかし、つい三年ほど前に、妹さんが年々体力が衰弱していくという奇病を発症してしまいました。病魔の進行を食い止めるには、定期的に神聖魔法による癒しを受けるか、回復薬を飲むしかないそうなのです。

教会でヒーリングを受けるのにも、回復薬を購入するのにもお金がかかります。一回にかかる費用は安価でも、積み重ねると膨大な金額になります。先が見えない生活の中では、心身ともにとてつもない負担となっていたことでしょう。

彼は生まれ持ったその体躯を活かし、来る日も来る日も懸命に働きましたが、妹さんの治療費に日々の食費すら圧迫されるようになり、満足に食事ができない日も増えてきたということです。

このままでは共倒れになる——そう悟った彼は、教会総本山の門戸を叩きました。

自らが神官となることで、妹さんのために神聖魔法をかけ続けることができれば、妹さんは延命できます。さらに、高神官になれれば、あわよくば完治させることもできるのではないかと、一縷の期待を込めてのことだそうです。

朝昼は教会の雑務に従事、夜は就労、深夜は神官の勉強と、死に物狂いで頑張りました。そして彼は、本来三年かかる修行過程を一年ほどで終え、ついに神聖魔法を扱える資格——神官見習いとなれる〝誓約の儀〟に挑むことになりました。

「ですが……やっぱり神様は、妹を救いたいというだけで神に仕えようとする、あっしの不純な動機を見抜いておられたんでしょうねえ……」

彼は寂しそうに漏らしました。

〝誓約の儀〟の当日。妹さんの容態の急変が告げられたそうです。

彼は儀式を放り出し、妹さんのもとへと駆けつけました。その甲斐あってか、妹さんは一命を取り止めましたが……運悪く視察に来ていた大神官様に見咎められ、即刻、破門を言い渡されてしまったとのこと。

「破門されたって事実は、信徒の多いこの国では重要視されていやしてね。どこで働いていても、いつの間にか噂に上って知れ渡っちまうようでして……あえなく解雇、解雇の繰り返しでさあ。働き口も碌にないまま、後はお決まりの転落人生ってわけでして。今では妹の薬代欲しさに、こうして他人様に迷惑かけまくっている次第でさあ。ははは」

これまでの人生を思い返しているのでしょうか、彼は力なく首を垂れて自嘲しました。

彼の言葉に嘘は感じられません。見かけによらず、妹さん思いのいい人じゃないですか。私、こういった話に弱いんですよね。くうっ。

「妹さんはおいくつなんですか……？」

「今年で九歳になりやす」

では、わずか六歳でそのような難病を発症……頼るべき両親もなく、それはお辛かったでしょうね。

「ずいぶんと歳の離れた妹さんなのですね」

兄妹というより、もはや娘さんでもいいような歳の差ですよね。さぞや可愛がっていたことでしょう。

「へえ、十も離れていやすから。こんな情けねえ兄の妹として生まれたばかりに、苦労かけちまいやして」

「いえいえ、そんなことはないでしょう。妹さんも、こんな家族思いのお兄さんに恵まれて、きっと幸せに思……」

……十歳差、ですか？　九歳の妹さんと？

対面に座る彼をじっと見つめます。

もっさりした毛皮の服を身に着けた、熊のようにがたいのいい身体付きに、目鼻くらいしか素肌を晒していない、熊みたいな髭面。といいますか、見た目はそのまんま熊ですよね。ですのに……十九歳？

「あなた、十九歳なのですか⁉」

「へ？　へい……そうですが」

……てっきり、三十代半ばくらいかと思ってましたよ。

若々しさがまったく感じられません。いかつさは満遍なく感じられるのですが。

そーですか……十代の若人でしたか。これはまた。

「まずは髭を剃り落とし、身なりを正すことをお勧めしますよ」

「は、はあ……」

ません。

　解雇の理由は、破門のせいばかりではないような気もしてきました。

　この風貌で、和気藹々と職場生活――というのも、若干無理がありそうな。想像がつきません。

「あ、あの。旦那……それで、神聖魔法のコツのほうは……？」

　そうそう、あまりの衝撃で忘れるところでした。

「申し訳ありませんが……コツとはいいましたが、厳密には私の特性のようなものでして。他の方には無理だと思います」

「……そうでやしたか。ははは。いやあ、こんなあっしがここに至って神頼みたあ、神様も呆れておられますよね」

　そう自虐して笑う彼の膝に置かれた拳が、固く握られて震えているのが見て取れます。口調ほど諦めきれてはいないのでしょう。

「まだ悲観するのは早いですよ。要は、あなたが神聖魔法を使えればいいのですよね？でしたら、かつて叶わなかった〝誓約の儀〟を完遂させればよいのではありませんか？今ここで」

「……は？」

　暗闇の中ではありますが、彼が目を丸くしているのがわかります。

「いやいや、それこそ無理ってもんでしょう、旦那？　こんなあっしがいまさら……しかも、儀式には専用の聖具と、介添えする高位神官も必要なんですよ？　場所だって、〝神に最も近き場所〟とされる総本山の聖堂じゃねえと」

そういえば、あの場には聖杯やら聖水やらがありましたね。それと神官さんもいました。

「道具や神官さんは揃えられませんが、場所という点であれば、おそらくは今ここが最も近いと思いますよ？　物理的に」

正確には一メートルと離れていませんし。

「そりゃあ、どういう意味合いで……？」

「ま、ま。とりあえずはやってみましょう！　試すだけなら無料ですよ？」

「旦那がそう言われるなら……やってはみますがね」

私の押しに負けて、不承不承といった感じですね。

ですが、やれるような気がするのですよね。この異世界に来てからの私の勘は、非常に信用できる気がします。まさに神憑り的なのでしょうか。

「それでは、目を瞑って、祈ってみましょうか？」

「はあ……」

膝立ちで胸の前で手を組んだ状態で、ぶつぶつとか細い声が聞こえます。

さて。私の想像通りでしたら、これであの〝はい〟〝いいえ〟の表示窓が出てくると思うのですが……

一分待ち、二分待ち——十分待ってみますが、いっこうに出てくる気配がありませんね。

おや？　予想が外れていましたか？　それとも、時間が足りないのでしょうか……？

「……あの。まだ続けたほうがいいんですかい？」

どうしましょう。

あ、そうです、承認許可を出せばいいのであれば、受け身である必要はないのかもしれませんね。

「ぬぬぬ。あなたに神の力を授けましょう。そいやっ」

背中から念を送ります。

「は？　今なにを……？」

……うーん、変化なさそうですね。駄目ですか？　やはり最後の掛け声の〝そいや〟を〝ほいさ〟にしたほうが効果が——

「ああっ⁉」

「えっ？　どうかしましたか？」

「今なんか、頭ん中でからんころんと鐘の音が鳴り響いたような……んん？」

「おおっ。もしかして、成功ですか？　でしたら、試してみてください。なんでしたっけ、見習い神官の初級魔法で、光るやつ？」

「ホーリーライトのことですかい？　照明代わりの。いやでも、あくまで鐘が聞こえたような気がするってだけですよ？　こんなことで神聖魔法が使えるってんなら、誰も苦労しないってもんですよ……旦那の手前、ダメもとでやってはみますがね。はあ。我が神よ願い奉る。聖光にて暗き闇を照らし給え――ホーリーライト。…………って、やっぱそんな都合よくいくはずが……」

どぴしゃん！

そんな効果音が鳴り響くほどの勢いで、牢内に巨大な光の玉が出現しました。

燦々と光り輝く小型の太陽のようで、周囲の暗闇が一掃され、牢内どころか地下のすべてが白く彩られます。

「うおおおおおおお――！」

彼の歓声が響き渡ります。

「やりました、成功ですね！」

ただ、これでは照明というより閃光ですね。

ホーリーライトって神聖魔法、こんなに派手なものでしたっけ。

「あ……はは、あははっ！　嘘みてえだ、使えた！　この俺にも使えた、神聖魔法が！　いやっほーい！」

「やりましたねー、ぱちぱちぱち」

ふたりして立ち上がり、両手を繋いで変なダンスを踊ります。

「旦那っ！　いえ、アニキ！　アニキと呼ばせてくだせえ！　これで妹のこともなんとかなりそうです！　ありがとうごぜえやす！」

「よかったですねー。でも、その髭は剃ってくださいね？」

「へえ、そりゃあ、もちろん！」

「やかましいぞ、貴様ら！　こんな時間になにを騒いでおるかっ⁉　って、なんだ、この光は⁉」

ありゃ。騒ぎすぎたようですね。

階上の看守さんが怒鳴り込んできてしまいました。タイミングも最悪で、光の玉が頭上から煌々と照らしていては、言い訳できなそうです。

「まさか、魔法だと⁉　この新入り、貴様――魔法持ちか⁉」

応援の人員も追加され、看守さんたち数人が、どやどやと牢の中に入ってきます。

そのひとりに、力任せに腕を掴まれました。

「やめろ、アニキは関係ねえ！　これは俺がやったことだ！」

「嘘を吐くな！　何度目の収容だと思っている‼　貴様にそんな力がないのは承知している！」

エキサイトして、握り拳で殴りかかろうとする彼を手振りで制します。

あなたのようにがたいのいい方が暴れでもしては、看守さんたちもタダではすみません。

罪も重くなってしまうでしょう。妹さんが待っておられるんですよね。

「ア、アニキ……」

「アニキだと⁉　くっそ、さすがは国家反逆の大罪人だな！　チンピラとはいえ、こいつをもう感化したか⁉　やはり同じ牢に収容すべきではなかったな。来いっ、おまえはこっちだ！」

「おや、そうですか？」

看守さんたちに両脇を抱えられ、牢から連れ出されます。

もうお引越しですか、忙しないですね。

「短いお付き合いでしたが、ここでお別れのようですね。妹さんとお幸せに。真面目に更生して、社会に人に、尽くしてくださいね」

「うおお、アニキ！　アニキィ！」

必死に縋りついてこようとするところを、他の看守さんたちに取り押さえられ、引き倒されます。

ただでさえ重そうな足枷があるため、いくら力自慢の彼でもどうにもならなそうです。

それでも看守さん数人を引きずってきましたが、牢の鉄格子に阻まれてしまいました。

「ああ、そんな無理をなさらずに。なに、私が危害を加えられることはありませんから」

「アニキ、こんなときまで、こんなあっしを気遣って……！　最後に教えてくだせえ！

あんたいったい何者なんで⁉」

「……うーん。そうですね。今はしがない指名手配犯ですよ。ご縁があったらまたお会いしましょう」

去り際に手を振りますと、彼は土下座したまま、何度も何度も感謝の言葉を繰り返していました。

あ、名前を訊き忘れてしまいましたね。まあ、これも一期一会というものでしょうか。

「ううう……アニキィ」

感涙にむせび泣きながら、人が去った地下牢の中で、彼はひとり蹲っていた。

出会ってからたったの数時間。言葉を交わした時間など一時間にも満たないものだったが、それは確実に彼の人生観を覆して余りあるものだった。

その身に溢れるのは、これまでついぞ感じたことのなかった大いなる力。神の恩恵。神聖魔法の力。

彼も今なら確信できた。この力をもってすれば、妹をあの忌まわしい病から救い出すこともできると。

破門という挫折を味わってからこれまで積み重ねられてきた、世への妬みや他者を羨む暗い気持ちが、綺麗に洗われていくかのような清々しい気分だった。

妹を助ける手段ではあったものの、神の信徒として仕えていたときの、あの使命感と高揚感を久しぶりに覚えていた。

連行される際の、余計な心配をかけまいと、あえて気楽な感じの気遣いに満ちた表情が思い起こされる。あんなお方が、こんな自分と同じ、薄汚い犯罪者であるはずがない。

「とんでもねえ、あんた神様だよ。このご恩は決して忘れやせん……いずれいずれ！」

あの方は、社会のため、人のために尽くせといった。ならば、その使命を全うしよう。

彼の名は、アクリテス。

妹とともに諸国を巡り、虐げられた人々を救済し、貧しき者に手を差し伸べた、後の世で聖人と称えられる——辺境の豪腕聖人アクリテス。

歴史上に名を残す偉人の誕生の瞬間であったが——それはまた別のお話。

今日はいよいよ王都へ向けて護送される日となりました。

せっかくラレントの町までもう少しというところまで来ておきながら、王都へ向けて方向転換とは残念ですね。

昼食を摂り終え、さあいよいよ出発というところで、重大事案が勃発です。原因は私にあるわけなのですが。

ばきんっ！

「おや……またですか」

鈍い音を立てて、鉄製の手枷が地面に落ちます。

「またですか、じゃない！　いったい誰のせいだと思っとるか！」

年配の看守さんに怒鳴られます。

いえ、そう言われましても。

私の足元には、手枷――だった物の残骸がいくつも散乱しています。

「これならどうだ⁉　こいつは魔物捕縛用の特注品で、オーガクラスの怪力でもびくともー――」

「おお、これはごっついですね。おや？」

鉄骨のような分厚い手枷が、ちょっと手首を捻っただけで、あっさり砕けてしまいました。

「…………」

「……申し訳ありません？」

そうなのです。護送にあたり、先ほどから私を拘束しようと看守さんたち総出で頑張っているのですが、肝心の拘束具がどうにも簡単に破損してしまいまして。

いいえ、別にわざと壊そうとか、手を煩わせようとか、ましてや嫌がらせしようとかの意図があってのことではありません。なまじ頑丈に固定されているものですから、ほんのわずかな動きにも負荷がかかり、枷の強度が耐え切れないようなのです。

「だーかーら！　なんで、貴様はさっきからぽんぽんぽんぽんと破壊する⁉　逆らうな、重罪だぞ⁉」

罪状としては、国家反逆罪以上に重いものはないと思いますが、そろそろ看守さんの額に浮き出た血管が破裂しそうで、そちらのほうがまずいのでは。

「そう言われましても、不可抗力でして。考えてもみてください。両腕をこよりで結ばれて、千切らずに動ける自信はありますか？」

「鋼鉄製の枷をこより扱いするでない！」

叫びながら、警棒で強かに殴られます――が、手を押さえて蹲ったのは、看守さんのほうでした。

「手首を痛められたのでは？　筋を傷つけていないとよいのですが……」

「殴られたほうが普通に心配してくるな！　貴様という奴は――」

立ち上がりはしたものの、ふら〜っと倒れかける年配の看守さんを、とっさに別の看守さんが支えました。

「所長！　しっかりしてください！」

あ、こちらの所長さんだったのですね。ご苦労様です。私がいえた義理ではないのかもしれませんが。

所長さんの、怒りで真っ赤だった顔色が青くなってしまっていますが、大丈夫でしょうか。

先ほどから、別に逃げる気はありませんから枷は必要ないですよ、と繰り返し提案しているのですが、頑として聞き入れてはくれません。困ったものです。

このままでは、護送の行程に遅れが出るのではないでしょうか。怒られちゃいませんか。そちらのほうが気がかりですね。

「所長！　例の物、お持ちしました！」

「よ、よし、見つかったか！　でかしたぞ！」

さらに別の若い看守さんが、なにやら大仰そうな箱を重そうに運んできます。

さて、お次はなんでしょうか。

箱から取り出されたのは、これまでのいかついだけの無骨な金属の塊ではなく、白銀に輝いた煌びやかな、装飾具と見紛う枷でした。

手足に装着するタイプで、手甲や脛当てのような形状をしており、まるで一級の装備品のようです。それでもさすがに拘束具らしく、両手足を太い同質の鎖で繋いでありますね。

「ふ、ふ、ふ。これは白銀鋼素材の特別製でな？　数世紀前、世紀の大魔導士と呼ばれながらも悪に堕ちた隠者を捕縛せしめたという曰くつきだ。貴様がどのような魔法を用いているかは知らんが、ミスリルの硬度は鋼鉄の十倍にして、魔法を遮断する特性もある。飄々と我らを馬鹿にしおって！　これでもう逃げられんぞ‼　大人しく縛につけ！」

逃げる素振りどころか、無抵抗で大人しくしていたはずなのですが。

それにしても、ずっと責められていたのは、魔法を使って抵抗していると思われていたからなのですね。どうりで諦めてくれないと思いましたよ。

単なる腕力でしたが、悪いことをしました。最初に伝えておくべきでしたね。無駄な時間を費やさせてしまいました。

どちらにせよ、このミスリルとやら、所長さんが絶対の自信があるだけに、とても頑丈そうですね。これでしたら、少々動いても壊す心配はなさそうです。

これでようやく王都へ向けて移動できるというものですよ。一時はどうなることかと思いました。

「ほら、来い！　護送馬車に乗るんだよ！」

鎖の部分を引いて連行されます。

「そんなに引っ張らなくても行きますから。って、あ」

急に引き寄せられた弾みで、大きく足を踏み出してバランスを崩してしまい――

ぱきんっ！

踏ん張った拍子に、ガラスの割れるような涼やかな音がして、四肢を繋いでいたミスリル製とやらの鎖が千切れ飛んでしまいました。

ああ、だからいわないことではありません。

「……枷自体は壊れていないから、よしっ！」

明後日の方角を見つめながら、所長さんが断言しました。他の看守さんたちも、追随してうんうんと頷いています。

どうやら、みなさんついに諦めたようです。匙を投げたともいいますが。

鎖の切れたミスリル製の拘束具は、単なる手足の防具でしかなさそうですが、責任者さんがよいというのですから、それでいいのでしょう。

まだ出発すらしていないのに、ずいぶん時間がかかりましたが……国家反逆罪という大罪人である私を乗せた護送馬車は、定刻から一時間ほど過ぎて、ようやく発車するのでした。

王都までは複数の町や村を経由して、およそ半月程度はかかる予定だそうです。

さあ、新たな旅路の始まりですね。ちょっと楽しみです。

◇◇◇

今日はとてもいい天気ですね。

雲ひとつない晴天でして、自然の天蓋である頭上の枝葉の隙間から差し込む陽光が、目に眩しいほどです。

森をくり抜いたように続く道は、きちんと整地されており、揺れもほとんど気になりません。

吹きすさぶ風が清涼感と緑の香りを運んできてくれて、とても心地よいです。

時折、水音が聞こえるのは、近くに川でも流れているからでしょうか。実に風流を感じます。

こうしていますと、囚人護送馬車での旅というのも、なかなか乙なものですね。

四頭引きの馬車ですが、荷台の大半を占めている鉄製の檻の重量のせいでか、移動速度はかなり遅めです。しかしそれも、鈍行列車での旅情と思えばいいでしょう。

なにより、十畳ほどはありそうな荷台スペースにいるのは、私ひとりだけです。檻の中とはいえ、すし詰めに近かった乗合馬車と比べますと、開放感は雲泥の差ですね。大の字で横になっても、まだ余裕があります。

「囚人扱いですのに、こんな贅沢をしていいのでしょうかね？」

「そう思うんでしたら、大人しくしておいてくださいね‼」

返事をしてくれたのは、必死の形相で馬車を操るノラードの年若き看守さんです。

今では護送人さんでしょうか。御者席で手綱を手に奮闘されています。

かなりお若そうですが、おいくつなのでしょうね。まだ十代も前半ほどにしか見えないですが。

せっかくのふたり旅ですので、まずはコミュニケーションかと、出発当初からいろいろと話しかけてはいるのですが、なかなか打ち解けてくれません。

「絶好の旅日和ですよね。こうもぽかぽかしていると、眠たくなりませんか？」

「くつろぐのは結構です！　だけど、大人しく！　絶対に大人しくしておいてくださいね！」

とまあ、こんな感じです。世間話しようにも、取りつく島がありません。

必要以上に緊張して肩肘張っているといいますか。旅路はまだまだ長いのですから、もっと肩の力を抜いたほうがいいかと思うのですが。

「先ほどからずっと大人しくしていますよ。ですので、お話くらいしませんか？　まだお名前も教えてもらっていませんし」

「犯罪者と慣れ合うつもりはありません！」

「……そうですか」

袖にされてしまいました。毛嫌いされたものですね。がっくしです。

心持ちしゅんとしていますと、こちらをちらりと一瞥してから、ぽつりといいました。

「………レナンですよ」

「え？」

「名前！　訊いたじゃないですか‼」

「あ――ええ、ありがとうございます。ご存知かもしれませんが、私はタクミです。レナンくんと呼んでも？」

「…………ふん」

そっぽを向かれてしまいました。照れ屋さんなのでしょうか。

まあ、無言は肯定と受けとっても構いませんよね。一歩だけ歩み寄れたみたいです。

我ながら単純ではありますが、一気に気分がよくなりましたね。旅は道連れ世は情けともいいますし、縁あって一緒になったのですから、友好的でありたいものです。

「にこにこして気楽そうでいいですねえ、あなたは……はあぁ」

レナンくんから盛大な溜め息が聞こえました。

「……おかげで、こっちはとんだとばっちりですよ」

なにやら深刻そうですね。

私に対する問いかけではなく、独白に近いようです。

「悩み事ですか？」

「あんたには関係な――いや、関係大ありなんですけど！　とにかく王都まで大人しくしておいてくれたら、それでいいですから！」

どうやら、また元の木阿弥ですね。進展は名前を聞けたことだけでしたか。

やはり、護送任務をひとりでこなすことに対する緊張からきているのでしょうかね。

なにせ、私は仮にも国家反逆罪の大罪人。王都までの護送任務となりますと、重責が伴うはずです。仕事の責任感からいっぱいいっぱいになる新人さんは、かつて社会人時代に何度も目にしたことがあります。

（ん？　ひとり……？）

思考に引っかかりがありました。

こちらの世界の事情にはまだ明るいとはいえないのですが、囚人の護送任務とは単独でこなすようなものなのでしょうか。しかも、言葉は悪いですが、まだまだ経験浅く未熟そうな若人ひとりで。

乗合馬車でさえ、移動には冒険者さんの護衛がつきます。実際に外敵からのトラブルはありますから、備えは必要なはずです。

それに、旅路は半月ほどもあると聞いています。交替要員がいなくていいものなのでしょうか。実際、馬車内には御者の休憩設備もあるのですから、考えるまでもなくおかしいですよね。

　そのことをレナンくんに何気なく訊ねてみますと――

「誰のせいだと思っているんですかー！」

　半泣きで絶叫されてしまいました。

　ふむ。なにやらよくわかりませんが、私のせいみたいですね。

　それからは問い質す必要もなく、矢継ぎ早な愚痴のオンパレードでした。

「あんた、先輩たちの私刑でも平気な顔しているし――」

　出発前に看守さんたちに取り囲まれて、警棒で滅多打ちにされたアレのことでしょうか。

　囚人が護送中によからぬことを企んだりしないよう、身動きがとれなくなる程度の怪我を負わせると同時に、気力を削ぐ、通例のようなものらしいですね。

　入れ替わり立ち替わりで三十分ほど頑張っておられましたが、無抵抗の私がこれっぽっちも応えませんでしたので、結局、諦められたようですが。

「拘束具はあっさり壊して……ミスリル製の鎖まで簡単に引き千切っちゃうし――」

　あの一問着では、いろいろと申し訳ないことをしました。

　でも、今も手足につけているこのミスリルとやら、なかなか色合いがお洒落で、気に入っていたりします。

「この護送馬車の鉄格子も、乗るときに軽く曲げてみせましたよね⁉」

ちょっと鉄格子が歪んでいる気がしましたから、まっすぐに直そうとしただけです。

……まあ、曲げすぎて余計に歪みましたので、何度か曲げたり伸ばしたりと悪戦苦闘しましたが。

看守さんたちが唖然とされているとは思いましたが、見られていたのですね。不器用でお恥ずかしい。

「果ては、『これからの王都への旅路が楽しみですねえ、にやり』なんて、邪悪に微笑んで！　どんな仕返しをしようと企んでるんですかー⁉」

いえいえ、それは邪推というものです。私は純粋に楽しみでそう告げただけでして、言葉の裏に隠れた意味なんてありませんよ。

しかも、『にやり』なんて擬音はあんまりです。そんな邪悪な顔はしていません。せめて『にっこり』という感じに訂正を求めたいところです。

「そんなんで、皆すっかり気後れしちゃって！　あげく、王都からの厳命で護送日付は絶対にずらせないからって、まだ十四で見習いのこの僕が全部押しつけられたんですよ⁉　僕、日頃は洗濯掃除の雑用くらいしかやってないのに！　こんな、絶対に脱走されて失敗するような任務、誰が受けたがるっていうんですかー⁉」

おおう。ついに号泣です。

「大丈夫です。気をしっかりと持ってください。私も協力しますから」

御者席にいるレナンくんの隣に移動しまして、気休めにしかならないでしょうが、その肩をぽんっと叩きます。

「ほらー！　そういうとこ！　なにあっさりと鉄格子広げて、勝手に出てきてるんですかー⁉」

「……あ。つい」

「ついってなに、ついってー⁉　やだー、もうー！」

ふむ、困りました。なかなか順調な旅立ちとはいかなそうですね。

「あのー、そろそろ機嫌を直してもらえませんか？　私が悪かったですから。もうしません」
「つーんだ。知りません！　僕は仕事中ですので、話しかけないでくださーい！」
そんなつもりはなかったのですが、悪ふざけと取られてしまったようで、レナンくんは道中ずっとおかんむりです。
ただ、このレナンくん、怒ってはいるのですが、なんだか仕草といい口調といい、可愛げがありますね。

遊び友達と些細な口論でへそを曲げてしまった近所の子供をあやしている気分です。

「なにを笑ってるんですか！　僕は怒っているんですよ⁉」

「はいはい。わかっていますよ。ふふふ」

「また笑ってるじゃないですか、もー！」

この異世界の十四歳は成人とはいえ、日本ではまだ中学生ほどの年齢ですから、幼く感じるのも仕方ないかもしれませんね。

仮に私に家族がいたとすれば、ちょうど孫の歳くらいです。これは疑似的な孫との家族旅行ですね。

ただ、現実的にはそう楽観もできないでしょう。移動中の馬車が外敵に襲われることなど、この世界では日常茶飯事です。それは、これまでの馬車での旅で体験済ですし。

それに、今回は護送任務。通常の馬車旅に比べて、外敵の襲撃のみならず、囚人の動向にも気を配る必要性が――まあ、監視する囚人は私ですので、心配ありませんか。

ともかく、色々と物騒には違いありません。

レナンくんも帯剣してはいますが、どの程度の腕前なのでしょうか。口ぶりからは、腕が立つといえるほどの訓練を積んでいるとは思えません。

ただし、年齢制限のない冒険者の中には、若年でも大人顔負けの子もいると聞きますから、一概に断言はできないでしょうが。

「ちなみにですが、レナンくんは剣の腕はいかほどで？」

「……いう必要はありますか？」

……言外から悟った気もしますが、一応、訊いてみましょうか。

「私は護送対象ですから、護衛対象でもありますよね。私だって移動中になにかあったら怖いですし。身の安全を図るためにも、護送人の腕前くらい知っておいたほうがいいとは思いませんか？」

「……アレジ先輩との稽古では、三本に一本は取れます」

アレジさん？　はて、誰です？

「そのアレジ先輩さんは、どの程度お強いので？」

「カーリンソン先輩に四本に一本は勝ちますよ」

今度はカーリンソンさん？　ですから、誰です？

その後も、レパンド、ザック、ショリン、マンド――様々な知らない方々の名前が挙がってわかったことは、レナンくんはノラードの役人さんの中で、一番剣技が苦手ということでした。

……なにを考えてるのでしょうね、レナンくんの諸先輩方は。そんな子をひとりで護送任務に就かせるなど、正気なのでしょうか。

大方、私が町を離れてから即座に脱走すると考えてのことでしょう。町での一連の騒動からも、どうせ阻止できないのなら、経歴に傷をつけないためにも、立場の弱い者に押しつけよう――そんな魂胆が見え見えです。

ああ、これは本当に、レナンくんには貧乏くじを引かせてしまいましたね。

護送任務はレナンくんの落ち度で失敗。それで、ノラードの役人の方々も、やるべきことはやったが力及ばずと王都に報告し、叱責は受けても一応は体裁が保てる――といったところでしょうか。どこまでレナンくんにこの考えを伝えてあるかはわかりませんが。

ただし、みなさんの予想を裏切ることになりますが、私はこのまま王都まで護送される気満々なのです。こうなれば、この護送任務――私が成功に導くしかなさそうです。護送される立場の私がいうのもなんですけれど。

これからどうしようか、無言で考え込んでいますと――

「大丈夫ですよ、安心してください！」

私が不安を覚えていると勘違いしたのか、その不安を払拭すべく、レナンくんが意気揚々と胸を叩きました。

「この護送馬車には、国の紋章が掲げられています！　お上に逆らう者なんて、いやしません！　と先輩たちも言っていましたから！」

おお。なんて他力本願的な〝大丈夫〟と〝安心〟なのでしょう。ちっとも心強くありません。

しかも、人間には効果があったとしても、野生の獣や魔物に襲われる可能性を忘れていますよ。むしろそちらのほうが、野盗などよりは多いくらいでしょう。その先輩たちとやらも、物凄くいい加減ですね。

「ありがとうございます。頼りにしていますよ」

ただ、レナンくんの思いやりと心意気には謝意を述べておきます。

「任せてくださいっ！」

ついさっきまで怒っていたというのに、レナンくんは一転してもうご機嫌です。心根のまっすぐないい子なのでしょうね。なんと微笑ましい。

やはり、ここはレナンくんも私が守ってあげないといけませんね。なにやら父性（爺性？）全開です。

私は私の護送に加えて、私の護送人の護衛も請け負うわけですね。なんだか、ややこしくなってきましたが。

まあ、なにもないのが一番です。

実際のところ、国の権威というのも馬鹿にしたものではないでしょう。多少の抑制効果はあると思います。

そう思っていた矢先でしたが、とある渓谷の細道に差しかかったところで、いきなり六人ほどの野盗に囲まれてしまいました。

さて、国の権威とやらはどこに行ったのでしょう。ま、あのメタボな王様の権威ですから、この程度ということなのかもしれません。

可哀相に、レナンくんは御者席で手綱を握り締めたまま、すっかり固まってしまっています。実戦そのものが初めてに見えます。

ぎぎぎ……と関節の軋む音が聞こえるような挙動で、レナンくんがこちらに振り返りました。

「ダ、ダイジョウブ、デスカラネ?」

とてもそうは見えません。壊れた腹話術人形みたいになっています。

仕方がありませんから、折衝役も私がやるしかなさそうですね。

「すみませんが、そこの方々！　私たちは私の護送のために王都に向かっているのですが、なにかご用でしょうか?」

野盗たちは馬に乗っていましたが、こちらが逃げる気配がないことを見て取ると、馬から下り、特に大柄な男性がひとり近づいてきました。

雰囲気的に賊のリーダーでしょうか。手には大振りの鉈のような刃物を携えています。

「積んでいる賞金首を大人しく引き渡しな！　ってか、おめーのことだよ!?　なんで、捕まってるおめーがしゃしゃり出てくるんだよ?」

「そこはちょっとした事情がありまして。で、一応確認しておきますが、この護送馬車は国所有の物ですよ？　知ってます？　国から目をつけられちゃいますよ？」

「ぎゃはは！　国家反逆罪なんてやった奴に言われたかねえなあ？　おめーは金貨三百枚の賞金首だぜ？　多少のリスクは冒(おか)しても、充分な見返りはあるってもんだ」

金貨三百枚。日本円で三百万円ですか。奮発(ふんぱつ)しましたね、あのメタボな王様。はた迷惑な。

「それに、護送はそっちの坊主ひとりだけだ。そいつを殺しておめーが逃げ出して――それを俺らが捕(と)らえたことにすればいい。だろ？」

殺す、という単語を聞いて、レナンくんが可哀相なくらいに震えています。この子にはまだ、刺激が強すぎですね。

それにしても――完全に待ち伏せされていましたね。

ノラードの町を出てからのルートといい、ここに差しかかる時刻といい、護送の人数や私の存在を知っていたことからも、情報はすべてだだ漏れのようです。

町に協力者がいて情報をリークしたか、考えたくはありませんが、内部からの手引きでしょうか。役人が捕らえたのでは、賞金は出ないそうですからね。レナンくんのことを慮(おもんぱか)っても、そうでないことを祈るばかりです。

「そうだ。おめー、取引しねえか？　おめーが大人しく従うのなら、いっさいの危害は加えずに王都まで連れていく。おめーにしちゃあ、連れていくのが役人か俺らかの違いだけだろ？　どうせ処刑されるって聞いてるんだ。わざわざ死ぬ前に痛い思いはしたくねえよな？　だろ？」

私の目的は王都に行って冤罪を晴らすことですから、たしかに誰に連れていってもらっても、さしたる違いはありませんね。

「その場合、レナンくんはどうなりますか？」

「は？　誰だそれ？」

「この護送役の子です」

「そりゃあ後腐れなく始末するだろ。生かしとくと、俺らが襲ったことがバレるじゃねえか、なあ？　ぎゃははっ！」

仲間内で大笑いをしています。

馬車の檻の中からレナンくんを見やりますと、レナンくんは恐怖に引きつった顔でこちらを見つめていました。

仮にレナンくんを無傷で帰すというのであれば、レナンくんをこれ以上危険な護送任務に付き合わせることもないか、と思ったのですが……であれば、交渉決裂ですね。

「レナンくん、すみませんね。ちょっとだけ約束破りますよ」

無造作に御者席側の鉄格子を広げて、開いた隙間から牢の外に出ます。

身を竦めたレナンくんの肩を、通りすぎざまにぽんっと叩きますと、びっくりしたように見返してきました。

また怪しく『にやり』とか思われたら堪りませんから、今度こそ満面の笑みで『にっこり』と微笑んでおきます。

「しばらく目は瞑っておきましょうね」

「……はい？」

ただでさえ旅の出発からして遅れ気味だったのですから、初日からこんなことで時間を食っている場合ではありませんね。さっさと終わらせてしまいましょう。

「えーと、〝ホーリーライト〟、でしたよね」

馬車から飛び降りると同時に、野盗たちに向けて手の平を差し出します。

地下牢で学びましたが、この神聖魔法は照明用途だけでなく、閃光による目くらましとして、とても有用そうですよね。

「うわっ⁉　眩しっ、目がぁ！」

ちょっと眩しすぎるのが難点のような気もしますが。

地下牢のときより、さらに輝度が高いようですね。日中にもかかわらず、太陽光すら押し退けるように、周囲の景色が白く塗り潰されます。

『投網、クリエイトします』

「そいやっと。……ふむ、一網打尽。大漁ですね」

景色が色を取り戻す頃までには、すべて終わらせていました。

馬車の檻を出てから、三十秒ほどの出来事だったでしょうか。野盗は全員、創生した網でまとめてぐるぐる巻きにして無力化しています。中からくぐもった声が聞こえていますので、窒息はしていないでしょう。

肩に担いで馬車の後方に回り込み、そのまま一緒に檻の中に乗り込みます。

御者席で蹲ったまま、ぽかーんとしているレナンくんと目が合いました。

「うん？　レナンくん、どうしました？　出発しましょうよ」

「え。あ、はい。はいやっ！」

私の言葉にほぼ反射的にレナンくんが馬に鞭を打ちますと、護送馬車は再びゆっくり動き出したのでした。

ぱっからぱっからと小気味いい馬の蹄の音が聞こえます。音に合わせて、馬車もリズミカルに揺れていますね。

のどかな自然の風景を横目に眺めて、こうして荷台に寝そべりながらのんびりしていますと、〝これぞ馬車旅！〟という感じがしていいものですね。

「うーうーうーうー！」

お隣の、投網で丸めた盗賊団子からの呻き声が邪魔ですが。

なにぶん、〈万物創生〉で創った投網だけに、手放すと消えてしまいますから、手元に置いておくしかありません。

ひとりで占有していた荷台の檻が、盗賊団子で半分近くも場所を取られ、せっかくの広々感も半減です。

「レナンくん。もしかして、王都までこのままなのですか？」

自分でやったことではありますが、これはちょっとどうにかしたいところですね。

「そんなわけないでしょう。その人たちは、次の町の役人に引き渡しますよ」

「助かりますね。これでは、せっかくの旅路も台なしですから」

「旅じゃないです、ご・そ・う、です！　あくまで護送されているんですからね！　なんで、旅行気分なんですか？　わかってますか、タクミさん⁉」

「はいはい。わかってますよ」

「全っ然わかってないでしょ、もー！」

野盗の退治を機に、レナンくんが名前で呼んでくれるようになりました。本人が気づいているのかはわかりませんが、指摘してはきっと意固地になり、〝あんた〟呼びに戻ってしまいそうなので内緒です。

これでもう一歩前進で、合計二歩目ですね。歩みは遅いものの、こちらも順調でしょう。

「それで、次はなんという町に立ち寄るのです？」

「だから、護送人に気軽に話しかけないでください！　……えっと、エラントの町ですね」

懐の予定表を確認して律儀に教えてくれるあたり、レナンくんは素直な子ですね。

護送馬車は通常の乗合馬車と違い、夜間の走行や野営はしないそうです。外敵からの襲撃を防ぎ、囚人の脱走防止を考慮してのことでしょう。常に日中に移動して、日の暮れる頃には近くにある国保有の施設に入るそうです。そのため、最短ルートを通るのではなく、最寄りの施設から施設へと、転々と移動を繰り返す形式になるのだとか。

護送馬車は一日の移動距離が最大でも五十キロ弱らしいですから、立ち寄る施設同士の距離も必然的にそれ以下となるようです。王都まで半月もの日数がかかってしまうのも頷けますね。乗合馬車でしたら、おそらく王都までは半分ほどの日程で着いてしまうことでしょう。

ほどなくして、私たちを乗せた馬車は、夕暮れを待たずしてエラントの町に着きました。町とは銘打たれているものの、村とさほど変わりない規模ですね。田園の目立つ景色の中、わずかばかりの商店や住宅が並んでいます。

こうして見比べますと、ここからさほど離れていないノラードの町は、この近辺ではかなり大きな町だったようですね。

護送馬車は、まっすぐに町の役所へ向かいます。

のどかそうな町ですから、こういった護送馬車は珍しいのでしょう。道行く子供が、物珍しそうに眺めています。檻の中から手を振りましたら、レナンくんに怒られてしまいました。残念。

町の規模に比例して、役所も小ぢんまりとしており、そこいらの住宅とさほど代わり映えしません。それでも周囲を鉄柵が囲っていますから、物々しい感じはしますね。

馬車のまま敷地内に入っていき、隣接した納屋の前で馬車を停めたところで、レナンくんは「ふうっ」と大きく息を吐きました。

「じゃあ、僕は中で挨拶してきますから、タクミさんはこのまま待っていてくださいね」

レナンくんは御者席から降り、馬を縄で杭に固定してから、こちらに振り向きました。

「くれぐれも、大人しくしていてくださいね！」

両手を腰に当てたまま、じと目で睨まれます。

「もちろんですよ」

疑いの眼差しで私をじいっと何秒も凝視したのち、レナンくんは踵を返してお隣の役所へと歩き出しました。

と思いましたら、二～三歩ほど歩いてから、すぐまた振り返り、今度は指までさされます。

「くれぐれも、ですからね！　く・れ・ぐ・れ・も！」

「そんなに念を押さなくても大丈夫ですよ？」

「聞いて普通にわかってもらえる人なら、何度も言いません！」

あらら。信用ないですねえ。

その後もレナンくんは何度もこちらをちらちら気にしつつ、役所の中に消えていきました。


「……ちょっと遅いですね」

かれこれ十分ほど経ちましたが、役所に変化なしです。

単に説明が長引いているだけならいいのですが、なにせ年若いレナンくんは経験も浅く、エラントの役人さんたちとなんらかのトラブルが――とも限りません。

……どうにも気になりますね。

「うーん。これは様子を見にいったほうがいいのでしょうかね……？」

鉄格子に手をかけたところで、役所からレナンくんを先頭に、数人の制服姿の方々が出てきましたので、咄嗟（とっさ）に手を離します。

「ああー！」

目ざとく見咎めて、レナンくんが走ってきました。

「今、なにかしようとしてませんでしたっ⁉」

「……はて？　ふひゅ～」

口笛を吹いて誤魔化そうとしましたが、私、口笛が吹けないのでした。神は万能ではないようです。ふひゅ～。

五人ほどで連れ立って遅れてやってきたエラントの役人さんたちが、馬車の檻の中にどやどやと入ってきました。

「これが、件の野盗かね？」

役人さん全員で盗賊団子を取り囲みます。手足も見えないほどに、投網でぐるぐる巻きにされた団子を前に、みなさんどうしたものかと思案顔です。

「その通りですよ。ああ、このままでは困りますよね。今、解きますから」

握っていた網の一部を手放しますと、創生された投網が即座に消えて、中から六人の野盗の群れが出てきました。

なんだか、ぐったりしていますね。軽い酸欠で意識朦朧といった感じでしょうか。解放されたからには、すぐに覚醒するでしょうが。

その隙に、役人さんたちが一緒に包まっていた武器を取り上げて、次々に野盗たちを拘束具で捕縛していきました。

「……今のは、きみのスキルかね？　なぜ協力を？　きみも護送されている囚人ではないのか？」

役人さんのひとりが作業の手はそのままに、私に訝しげな視線を送ってきました。

「そ、そうなんです！　この囚人の護送が、今回の任務でして！」

私たちの間に割り込み、返事したのはレナンくんです。

……そういえば、そういう設定でしたね。すっかり忘れていました。私、凶悪な犯罪者でした。冤罪ですけれどね。

「その割には、拘束されてもいませんな。いくら檻の中とはいえ、囚人の自由が過ぎるのではありませんかな？」

「それは――そう！　拘束魔法で縛られていますから、一見自由に見えるかもしれませんが、なんら問題はありません！」

拘束魔法……囚われた当初に、たしかにそういうのもかけられましたね。役所付の魔法使いの担当者さんが魔力切れまで頑張って、結局諦めていましたが。

『ミスリルの鎖、クリエイトします』

レナンくんの陰に隠れている隙に、千切れたままだった手足の拘束具を繋ぐ鎖を再構成します。

「ほらほら。しかも、このミスリル製とやらの頑丈な拘束具ですよ？　全然、自由じゃありませんよー？　窮屈で参っちゃうほどです。それに、この連中は私の身柄を要求してきました。私にも危害が及ぶ緊急事態でしたので、やむなく協力を」

「では、実際にはそこのレナン殿が単独で、この六人もの野盗を退治したと？」

「もちろんです！　そのときのレナンくんの獅子奮迅の活躍をお見せできなかったのが残念ですよ。その剣技の妙、まさにノラードの剣鬼の異名に相応しい鬼っぷりでした！」

「――しー！　余計なこと、言わなくていいですから！　なんですか、その物騒な異名⁉　初耳なんですけど！」

　耳打ちと同時に、脇腹を小突かれてしまいました。

　完全な思いつきですから、初耳は当然です。ですが、駄目だったでしょうか。箔もついて格好いいかと思ったのですけれど。

「いや、失敬。お若いのにたいしたものだ。困難な単独護送も、その腕を買われてのことでしたか」

　ふう。どうやら納得してくれたようですね。私たちふたり、なかなかのコンビネーションではありませんでしたか？

　そう思い、レナンくんを見たのですが……にべもなくそっぽを向かれてしまいました。

　王都への道程以上に、まだ私たちの相互理解への道は遠いようですね。

「くっそう！　てめえら、放しやがれっ！」

「こら、きさま！　暴れるなっ！」

突然の怒声に目を向けますと、野盗のひとりが役人さんたちを押し退けようと暴れていました。

あれは野盗のリーダーの男ですね。意識を取り戻しましたか。すでに手足の拘束は終わっていますから無駄な抵抗ではありますが、ガタイがいいだけに、役人さんたちは押さえ込むのに四苦八苦しているようですね。

「てめえは――」

ふと目が合いました。

男はより凶暴に歯を剥き、今にも噛みつかんばかりの勢いでこちらに飛びかかろうとして――自らの足枷の鎖に躓いて転んでいました。後ろ手に拘束されているだけに受け身も取れず、顔面強打して痛そうですね。

「ふくく……ふっくっく！」

男がくぐもった声で笑い出します。頭の打ってはいけない部分を強打したのでしょうか。

「さっきはよくもやってくれたなあ、ああ⁉　あのとき、なにをどうしたのか知らんが――てめえらはこれでお終いだ。なんせ俺らは、かの『紅毛の団』の団員だぜ⁉　しかも俺は、あのバル団長の弟だからな。この状況を知ったら、すぐさま兄貴は俺らを奪い返しにくるぜ！」

よかった。秒殺の退治でしたので、なにが起こったのか理解していないようですね。危うく、レナンくんの剣鬼の捏造がバレてしまうところでした。調書とか証言とか、全然考えていませんでしたね。

私はひとり胸を撫で下ろしていたのですが、どうも他の方々が騒然としています。なんでしょう。

「……紅毛の団、だと……？」

「まさか、あの……」

なにやら世界的な名作劇場っぽい名前ですね。赤い髪の女の子が主役の。

レナンくんも愕然としています。メジャーなグループなのでしょうか。

「各地の根城を転々としながら、世間を騒がせている盗賊団だ。もとはどこかの国の傭兵団という噂だが……常に敵の返り血で髪を紅く濡らしていることから、紅毛の団と呼ばれるようになった連中だ。団長である狂戦士バルは、Bランク冒険者にも匹敵すると目されている賞金首だ」

そばにいた役人さんが教えてくれました。わかりやすい説明口調の解説、ご丁寧にありがとうございます。

ともかく、この野盗たちはこれで全員ではなく、まだ後ろに仲間が控えている恐ろしい集団の身内だったということですね。

「ただ、奪い返すもなにも、すでに捕まってしまっているのですから、どうしようもないですよね？」

「ぎゃははっ！　馬鹿か、おめー？　こんなちんけな町の役所なんぞ、兄貴にとって物の数に入るかよ。一晩もありゃあ、皆殺しにするのに充分ってもんだぜ？　なあ、てめえら⁉」

「違えねえや！」

リーダーの余裕の態度に、手下の男たちも威勢をとり戻しては、一緒になって下卑た哄笑を上げています。

対してレナンくんやエラントの役人さんたちは、震えあがるばかりです。つまりは、この言葉が真実ということなのでしょう。

「よ、よし。とりあえず連中を地下牢に！　早馬を出して、近隣都市に応援要請を。移送の手配も怠るな！」

「おやおや～？　そんな呑気なことで間に合うかあ～？　兄貴たちは今晩にもここを襲っ

てくるかもしれないぜ？」

「くっ！　黙――……」

役人さんのひとりが逆上しかけて思わず警棒を振り上げましたが、男のにやけ面の前に力をなくし、ゆっくり腕を下ろしました。

「だよなだよなあ!?　後が怖いもんなあ？　お利口さんだぜ、ぎゃっはっはっ！」

連中はますます勢いづきます。

役人さんたちを散々に笑い飛ばしてから、今度はリーダーの男が顎で私をしゃくりました。

「おい、そこの。安心しな、おめーだけは殺さずにおいてやる。感謝しろよ、なんせ大事な賞金首だからな。嬉しいか？　――だが、しかぁしだ！　殺さずにはいてやるが、五体満足なわけねえわな!?　舌抜いて、手足をもいで、そうだ家畜の焼印も押してやろう！　辛うじて息だけしてる状態で、王都に引き渡してやるぜえ？　この俺のやさし～い提案を受け入れなかった罰だ！　生かさず殺さず、苦しめ抜いてやる！　楽に死ねるなんて思うなよ!?　げはははは っ！」

どこに笑いどころがあるのか不明ですが、野盗一行は大笑いです。

そんなに賞金が欲しいのでしたら、同じ賞金首ですから、お兄さんをお上に突き出すほうが、世のため人のためにもなるでしょうに。

「それから──てめえもだ、このガキ！」

男が一転して憤怒の表情で、レナンくんを睨みつけます。

「ひっ⁉」

「この俺様に、こ～んな屈辱を味わわせてくれたんだ。お礼にてめえはこの手で直々に、念入りに殺してやるぜ……！　ん？　いや、よく見りゃてめえ、女みてえな可愛らしい面してんなあ。そうだ、決めた。今、決めた！　てめえは俺専用にしてアジトで飼ってやるぜ。この俺の◇◇◇を×××して、狂うまで△△△してや──」

「はいっ、教育的指導です！　ずびしっ」

首筋に手刀を放ちます。

男は白目を剥いて、上半身からぱたりと前のめりに倒れました。

途端に下品な笑いの大合唱がやみ、し～んと静かになりました。

なんたるお下劣な男でしょう。公序良俗に反するのも甚だしい、聞くに堪えませんね。

盗人猛々しいとはこのことです。

ほら。レナンくんもすっかり怯えちゃっているではないですか。青少年の情操教育にもよくありませんね、これは。

「あんた、なにを──？」

「ご心配なく、役人さん。単なる当身ですよ」

「ちょ――泡吹いてるぞ！　これって、首の骨が折れてるんじゃないか⁉」

「めぎょって、すごい音したぞっ⁉」

「完璧に致命傷じゃないか⁉　虫の息だ！」

「…………」

えーと。

「前略、ヒーリング！」

咄嗟に魔法の光を纏った手をかざしますと、男はおきあがりこぼしのように勢いよくがばっと起き上がりました。

「はっ！　なんだ、今の一面の花畑は⁉」

ふうっ。間に合いましたね。危ないところでした、間一髪です。

当身って力加減が難しいのですね。テレビやドラマでは簡単そうにやっていたのですが……盲点でした。危うく本物の犯罪者になってしまうところでしたね。

「もう大丈夫ですよ」

「おいおい、こいつマジか。自分で殺しかけといて、笑顔で大丈夫とか抜かしやがったぞ……？」

「怖ぇぇ……これって、あれか。死んでも癒せるから、逆らうと何度でも殺すぞって暗示か」

「なんて、邪悪な笑みなんだ……」

「国家反逆罪、ぱねえ……役人の前でも平然と殺しにきやがった」

ひそひそ声が聞こえます。なぜか、すんごい引かれているのですが。

レナンくんと役人の方々まで、私から距離を取って野盗と一緒になって眉をひそめています。それはないのではありませんか？

その後、妙に聞きわけがよくなった野盗連中は、役人さんたちに役所の中に連行されていきました。

「いえ、違うんです……悪気があったわけではないのですよ……？」

ひとり取り残された檻の中。その独白は誰も聞いてくれませんでした。切ない。

「なんだか、嫌な予感がしますね……」
私は護送馬車の中で目を覚ましました。
時刻は深夜過ぎといったところでしょうか。鉄格子越しに見える納屋の天窓から、月明かりが差し込んでいます。
納屋に格納された馬車は馬を外され、四方をがっちり金具で固定されています。こうしておくことで、馬車本体が即席の牢屋となるわけですね。護送している囚人を牢へ移す危険を冒すこともなく、拘置所代わりに使うとは、なかなか工夫を凝らしているものです。

本格的に寝入ってしまうと滅多なことでは起きることのない私ですが、今宵はどうにも眠りが浅く、目が冴えますね。

それというのも、日中に耳にした赤毛のア――もとい、紅毛の団の件があるからでしょう。

役所内にぴりぴりした緊張感が漂っていることもありますが、それ以外にもなにやら胸中にもやっとしたわだかまりのようなものを感じます。

「……ふむ、原因を調べてみるべきでしょうね」

完全に勘ではありますが、私は仮にも神様らしいですから、こういう気がかりを無視していいとも思えません。本能的な警告の類なのでしょうかね。

例のごとく鉄格子はくにっと曲げれば問題ないので、ちゃちゃっと牢を抜け出てから納屋の戸口に向かいます。

締め切られた戸口を開けようとしますと、若干の抵抗がありました。さすがに外から施錠はされているようですね。戸は鉄製で、壁も石造りの頑丈そうなものですから、破壊しては後が厄介です。

「天窓からにしますか」

幸いにも月夜で光源には困りません。馬車の屋根に登ってから天窓を伝い、あっさり脱出を果たします。

納屋の上から周囲の状況を窺いますと、役所の灯は落ちており、建物は月明かりにひっそりと影を落としていました。

町のほうも静かなものですね。酒場らしき灯火だけが、遠くにぽつんと見えます。他の町ではまだまだ宵の口の時間帯でしょうが、寝静まるのが早いのも、ここ小さなエラントの町の特色なのかもしれませんね。

役所では明日中には応援が到着し、厳戒態勢が取られるそうです。初日の襲撃はないと踏んでいるようですが、念のために本日は非番の方まで含めた役人さんたち全員が、所内に泊まっているみたいです。それでも、総勢で十名に満たないとか。

見張りの当番さんが、敷地内を巡回しているのが見て取れます。外からはわかりませんが、役所の建物内部でも、交替で寝ずの番をしていることでしょう。今のところは異常ないようですね。

ですが、まだ胸の靄は晴れません。それどころか、次第に確信めいたものが強くなっていますね。

「さて。レナンくんはっと……」

野盗捕縛のことはありましたが、そもそもレナンくんは囚人護送途中で立ち寄った部外者ですから、すでに就寝中のはずです。

寝ている部屋までは聞かされていませんが、今宵の私は冴えています。その位置が手に取るようにわかる……気がしないでもありません。

納屋の屋根から、隣接する役所の二階のバルコニー部分に音もなく飛び移りました。

なんとなく怪盗気分ですね。三世ではなく、元祖アルセーヌ的な。

「ここでしょうか……」

窓から室内を覗き込みます。

……違いました。別の方が仮眠を取っていますね。

バルコニー越しに隣へと移動します。

「…………？」

「…………？？」

「…………？？？」

「…………！」

こんこんっ。

窓枠を小さく叩きますと、眠そうな目をこすって、寝間着姿のレナンくんが起きてきました。

「……はあ。タクミさん、あなたって人はなにやって――むぐー！」

叫び出す兆候を見て、咄嗟に口を押さえます。

「しー、しー！　静かに。みなさん、起きちゃいますから」

ひとしきり半眼で睨まれた後、レナンくんがこくんと頷きましたので、そーっと手を放します。

「……また勝手に牢を抜け出して……なにやってんですか？」

小声でひそひそ話です。

「いえね、ちょっと外出しようかと思いまして。許可を貰っておかないと、まずいかなーと」

「許可もなにも、すでに抜け出した後じゃないですか。やめてくださいね。責任問題になっちゃうんですから」

「……言われてみるとそうですね。では、事後承諾ということで」

「まったく……ここに来るまで、他の人には見つからなかったでしょうね？」

「それはもう、もちろん」

「信用なりませんね。タクミさんは結構ずぼらというか、迂闊だから」

手厳しい。

「で、そうまでして外出って、なにかあったんですか？」

「例の盗賊団のことです」

レナンくんの気配が変わりました。

「……襲ってきたんですか？」

「わかりません。勘ですので。それをたしかめに行こうかなーと思いまして」

レナンくんは腕組みして、考え込んでいます。

「私の勘違いで、なにもないならそれでいいのですが、仮に本当に襲ってこようとしていた場合、ここの人員で太刀打ちできるか微妙なところでしょう？　ご存じの通り、私ならなんとかなりますし」

無言で一分近くも考えあぐねてから、レナンくんは決心したように顔を上げました。

「わかりました。なら、僕も同行します」

「ええっ――っとと」

「声、声！」

今度は私のほうが叫びそうになりましたので、レナンくんに口を押さえつけられました。

「……これは申し訳ありません。ですが、危険かもしれませんよ？」

「危険ならなおのことですよ。タクミさんはどうせいっても聞かないでしょうし。外出は許可します。でも、僕の監視下という条件付きです。囚人をひとりで出歩かせるわけにもいきませんからね」

レナンくんは寝間着姿のまま、枕元に置いてあった剣だけを取りました。

「ですが……」

やはり、レナンくんのような子を連れていくには抵抗があります。

「タクミさんの勘では、僕の身に危険はありそうですか？」

「う～ん。そんな気はしませんが……」

「なら、この際です。タクミさんの勘とやらを全面的に信じますよ。僕が泊まっている部屋も、その勘で見事に見抜いたみたいですしね」

……それについては、五度目の正直だったことは内緒にしておきましょう。それが建設的というものですね、はい。

うーむ。この嫌な予感のほうは、さすがに当たってますよね？

なにもないのが最良ではあるにしろ、ここまで自信満々に告げておきながら、実際にはなにも起こらずすごすごご舞い戻ってくるというのも、それはそれで肩身が狭そうです。

頼みましたよ、神様。って、私のことですが。

「それでは、さっそく行きましょうか。はい、どうぞ」

バルコニーで背を向けて、しゃがみ込みます。

窓から出てきたレナンくんが、一瞬、不思議そうな顔をしました。

「いえ、おんぶですよ、おんぶ。レナンくんだけでみなさんに気づかれないように、このバルコニーから降りられます？」

「……たしかに自信はありませんけど……どうしてもですか？」

気後れするレナンくんに背を向けたまま、両手首だけ「おいでおいで」と動かして催促します。

おずおずと背中に身を預けてきたレナンくんを、しっかり抱え直します。

背中を通じて、レナンくんの心臓の激しい鼓動が伝わってきます。表面上は平気な振りをしていても、相手は悪名轟く悪漢揃いらしいですから、やはり怖いのでしょうね。それでも恐怖を抑え込み、職務を全うしようという気概はご立派です。

まあ、それはそれとしまして──

ふむ。なんといいますか……いいですね、これ。

子供──というとレナンくんに失礼かもしれませんが、孫くらいの子を背負うシチュエーションとこの感覚。爺性を刺激されてしまい、大いにテンション上がってきましたよ。

「では、出発です！」

バルコニーの手すりに足をかけます。

「しっかりと掴まっていてくださいね」

「……え？　ちょ、ここ二階ですよ？　まさか、そのまま──」

一足飛びに手すりを乗り越えて、もといた隣接する納屋の屋根までジャンプします。

「わ、わ？　うわわー!?」

その後は三角飛びの要領で、折り返して役所の屋上部分に飛び乗ります。

見回りの方に見つかると厄介ですから、地面には降りないほうがいいですよね。迅速かつ慎重に行動しましょう。

屋上いっぱい使って助走し、役所を囲う鉄柵を飛び越えての大ジャンプです。お隣の敷地内まで、その距離は二十メートルほどでしょうか。

「ちょ、ま、待って――」

自由落下中で、大きな庭木の枝に掴まって減速し、そのままくるりと一回転。枝に飛び乗った反動でさらにジャンプして、隣家の屋根に着地します。

すぐさま屋根の尾根伝いに走り出し、塀の上に飛び降りてから、今度は塀から家へ、家から塀へと繰り返し、さらに道向かいの建物へ飛び移ります。

「ひ、ひぃ――」

距離が若干足りなそうでしたので、途中で近場の壁を蹴ってさらに勢いをつけ、屋根から突き出た煙突の上に着地を果たします。

さて、これで役所から百メートルほどは離れたでしょうか。ここまで来たら、道に降りても大丈夫でしょう。

「さ、レナンくん……ありゃ？」

背中でレナンくんがぐったりしています。

うーん、困りました。すっかり気絶しちゃっていますね……張り切りすぎちゃいましたか。置いていくわけにもいきませんし、このままでも問題はないでしょう。

「嫌な予感は、あちらのほうからするようですね」

遥か前方の闇の向こうを見据えます。

周囲の人通りは、まったくといっていいくらいにありません。それでもゼロではなさそうですから、正体を隠す用心に越したことはないでしょう。

〈万物創生〉にて創り出した例の仮面を装着します。

「準備万端、さあて行くとしますかね」

◇◇◇

「本日も晴天なり――ってとこですか」

昨夜の月夜から予想してはいましたが、今日も見事に晴れましたね。荷台の鉄格子越しに差し込む日差しが眩しいほどです。

車輪が轍に乗り上げ、護送馬車はがたごとと揺れながら進んでいきます。

晴天の空を横切ったのは、小鳥でしょうか。燕に似ていますが、こちらの異世界にも燕っているんですかね。

「うーん、風流ですねえ」

「どうしてあなたは毎度毎度、そう呑気なんですか！」

御者席で手綱を振るうレナンくんは、昨日にも増して不機嫌そうです。外はこんなにいい天気だというのに、顔のほうを曇らせても仕方ないでしょうに。

「もっと肩の力を抜いて、気楽に行きましょう。王都までの道のりは、まだまだ長いですから」

「もー！　タクミさんのせいですからね！　昨夜はあんなことになっちゃって！」

はて。あんなこととは、これ如何に。

「なんでしたっけ。害虫駆除っぽい名前の……そうそう、お尋ね者のバルさんをはじめ、悪徳盗賊団の一味を捕まえられたのですから、いいじゃないですか。お役所襲撃も未然に防げましたし」

結果的には、昨夜の嫌な予感はビンゴでした。夜闇に紛れて襲撃準備を行なっていた『紅毛の団』の一味を町外れで発見し、そのまま捕縛に成功したのです。

総勢二十三人の大所帯。もし襲撃が実行されていたら、エラントの町の役所の方々では危うかったでしょうね。

「それはいいんですよ、それは！　むしろ、ありがとうございます？」

「どういたしまして」

「ではなくて！　問題はその後ですよ!?　胸に手を当てて、よ～く思い出してみてください！」

「その後……ですか？」

え～とですね。とりあえず、出頭をお勧めしたのですが、無下に断られまして。

しかも、一方的かつ理不尽な言い分で襲いかかられましたので、こちらもやむなく実力行使で応戦した次第です。

戦闘は二～三分ほどで片が付きましたが、後始末のほうが大変でしたね。連中を縛る縄などを用意するために、こっそり現場と役所を三往復もする羽目になりました。

さしもの〈万物創生〉スキルも、こんなときは無意味ですからね。あらかじめ、縄くらいは用意しておくべきでした。

そうそう、行きの途中で気絶したレナンくんは、結局最後まで目を覚まさず……普段は気を張りっ放しで緊張した面持ちのレナンくんの、年相応なあどけない寝顔に、すごく癒される思いでしたね。

「ふふっ」

「えええ？　なんで、昨日の回想に笑える部分があるんですか!?」

「いえ、なに。レナンくんの寝顔にほのぼのしたなーと」

「うわ、今それすっごくどうでもいいですよね？　照れるからやめてください！　そうじゃなくって、昨日の出来事を順番に思い返してみてくださいよ！」

順にですか……そうですね。

退治して捕縛したはいいものの、二十三人分もの簀巻きを、さてどうしたものかと悩みまして。

で、こういったことは町の役人さんに処理してもらうのが順当でしょうから、役所の裏口前まで密かに運んだんですよね。

これもまた、なにかと大変でした。目立たないように人目を盗み、創生したリヤカーに積んでは、現場と役所をまた何往復も――

それで最後に、気を失ったままのレナンくんを山積みにした簀巻きの上に乗っけて完了、でしたっけ。

「はい、そこー！」

指折りながら挙げていたら突然、御者席のレナンくんが上半身ごと、こちらに振り向きました。

「……なにがです？」

「そこに僕を置いていったところですよ！」

「ですが……単に放置しているだけでは、今度は誰がやったかと騒ぎになりますよね？

実は私が檻を抜けてやりました――などとは、私はともかく、レナンくんの責任問題になりそうで言えませんから。レナンくんの功績ということでしたら、先の野盗捕縛の実績もありますし、同じ役人さんでもありますから、一番しっくりきて穏便に済みますよね？」

「すでに虚偽じゃないですかー！　僕、見習いとはいえ、これでも正義の役人なんですからねー？　連中の証言で偽証が発覚したら、どうするつもりだったんです!?」

「そこはほら。仮面で変装してましたから大丈夫ですよ」

「どうしてそう無意味に自信満々なんですかー!?　おかげで〝ノラードの剣鬼〟なんて渾名が、本物扱いされちゃいましたよ？　これ絶対、定期連絡でノラードにも広まっちゃいますから！　僕にどの面下げて帰れというんですかー、やだ、もー！」

「いいじゃないですか、剣鬼。格好よくありませんか？　あっと、前から対向馬車が来てますよ？」

「うわっとと」

　慌ててレナンくんが前に向き直り、蛇行しかけていた馬車を正します。

　すれ違った乗合馬車には小さな子供も乗っており、檻付きの護送馬車が物珍しいのか興味深そうにこちらを眺めていたので、手を振って応えます。

「レナンくんもそんなに嫌でしたら、否定したらよかったのに。一応、エラントの役人さんに事実確認はされたんでしょう？」

「うっ……」

レナンくんの言葉が詰まりました。


「寝起きで……」

「はあ、寝起きで？」

「起きたら、エラントの役所の人たちに囲まれていて……」

「囲まれていて？」

「所長さんがニヒルな笑顔で親指をぐっと立てたもので……」

「立てたので？」

「寝ぼけていて、思わず力強く親指を立て返したら、なんだか僕がやったと認めたことに……」

「なるほど。累々と横たわる悪漢の上でそういう態度を取ったのでは、それはそう思われますよね」

「しかもその後の朝礼の場で、全員の前で褒め称えられたりしたものだから、今さら違いますとも言い出しにくくて……」

「なるほど」

「…………」

「……強く生きましょう」


太陽は眩しく心地よく、肌に残った熱を涼しげな風が押し流していきます。

王都への道はまっすぐ果てしなく。道は続くよ、どこまでも。

今日もまた、のどかにふたり旅は続くのでした。

時と場所は移り変わり、そこはエラントの町唯一の酒場の、とある一席――

ひとりの男が、馴染みの飲み仲間たちを相手に、声高らかに語っていた。

「そこでさー。俺は見たんだよね！　月明かりに反射する髑髏の仮面をさー！」

酒がほどよく回っていても、お調子者の男の舌は絶好調だ。

周りにしてみると、連日連夜話され、聞くのが何度目かわからない話ではあったが、もともと日常の変化が乏しいエラントでは、新たな話題などそうそう転がってはいない。

男がそれを目撃したのは、とある月夜の晩のこと。

町外れに住む男は、酒を飲んだ帰りに道端で寝入ってしまい、騒々しい物音で目を覚ました。

暗がりに潜むのは、二十人以上からなる物騒な装備を身に着けた暴漢たち。特に先頭の巨漢は、素人目にも尋常ではない雰囲気を醸し出していた。

見つかればただでは済まない――男は本能的に危険を察し、アルコールで揺らぐ思考を総動員して、物陰に隠れて必死に息を殺していた。

そこに登場したのは、ひとりの男。多分、男。なぜならその者は、月夜に輝く黄金の仮面を被っていたからだ。

死を暗示する不吉な髑髏の仮面ではあったが、逆に神秘的な神々しさも備えていた。

距離があるため、連中の話す声はほとんど聞こえない。それでも、剣呑なやり取りだけは窺えた。

交渉は決裂したらしい。

巨漢が両手に大斧を構えて突進し、髑髏仮面に迫りくる。

髑髏のほうは無手、しかも背中にはなにか大荷物を抱えているようにも見える。

それだけのハンデがある上、月夜に浮かぶ両者のシルエットは、サイズにしてほぼ倍くらい違う。武器の有無にこの体格差、勝負はあっさり決まるかに思われた。

「当身！　アーンド、ちょっとヒーリング！」

不可解な台詞が微かに届いた。

髑髏の仮面から聞こえた声は、くぐもってはいるものの、若い男のそれだった。

巨漢のシルエットが消える。

倒されたのだと理解するのに、いまだ醒めきっていない頭では数秒を要した。

そこからは、髑髏仮面の一方的な攻勢だった。

「当身！　アーンド、ちょっとヒーリング！」

「当身！　アーンド、ちょっとヒーリング！」

「当身！　アーンド、ちょっとヒーリング！」

「当身！　アーンド、ちょっとヒーリング！」

まるで呪いかなにかの言葉のように、夜闇の奥から繰り返し聞こえてくる。

その度に、月明かりに浮かぶシルエットがひとつ、またひとつと消えていき――ついには、髑髏仮面の立つ影だけを残し、すべてが消え去ってしまった。

ふと――髑髏の虚ろな眼窩の穴が、男のほうを向いた気がした。

黄金色に輝く中に、ぽっかりと闇色に開いた穴が不気味すぎて、男は金縛りから解かれたように這う這うの体で逃げ出した。

それが、男の経験した一部始終。

実際には、男はなんら一連の騒動に関わってはいないが、このエラントでは一生に一度得られるかどうかの武勇譚だった。

若干、大げさに語られた男の話が終わると、飲み仲間からやんややんやの喝采とともに、幾度めか知れない乾杯が始まる。

そこまでは、男たちにとって恒例のことだったが、その晩だけは少し違っていた。男たちのテーブルに人数分の酒瓶を抱えて、参加してくる若い男がいたのだ。

「今の話、最初からもう少し詳しく聞かせてもらってもいいかな？　これはお近づきの印にどうぞ」

無料酒の提供に、男たちのボルテージも上がる。

まるで昔からの馴染みのように、若い男は歓迎をもって迎えられた。

「おう、兄ちゃん。気前いいけど、あんた冒険者か？」

若い男の出で立ちは、無粋な武器こそ下げていないが、厚手の上着の下に鎖帷子、革製の防具に金属ブーツと、一般人でないことは明らかだ。

「そうさ、しがない冒険者だよ。数日前に耳にした情報なんだけど、この町でかの『狂戦士』バル率いる『紅毛の団』が壊滅させられたって聞いてね。その情報を集めてるんだ」

再び繰り返されることになった話を、若い男は神妙な面持ちで聞き入っていた。

「ここでも出たか……黄金の髑髏仮面」

話を聞き終ると同時に、そんな嘆息交じりの独白が漏れる。

「なんだい、そりゃ？　兄ちゃん？」

「あなたが見たっていう仮面の男のことさ。最近、仲間内ではなにかと有名人でね。でも、バルを捕らえたのは、〝ノラードの剣鬼〟っていう役人だって情報もあるんだけど、どうなのかな？」

「さてねえ。俺が知ってるのはこれくらいだ。剣は……持ってなかったように思えるけどなあ」

「そう。情報が錯綜してるのかな？　一度、精査する必要はあるか……」

若い男は、もう用済みとばかりに席を立つ。

「お？　もう行っちまうのかい、兄ちゃん。もうちょっと付き合いなよ」

「そうそう。楽しくやろうぜい？」

「こんな町に外から来る奴は珍しい。なんか話を聞かせてくれよ」

引き止めようとする声に、若い男は酒場の主人に向けて手を挙げた。

「店主、ここのテーブルに、酒を追加で持ってきてくれ」

その言葉に、席を囲む面々から歓声が上がる。

盛り上がりを横目に、若い男はすっと席から離れると、手早く会計を済ませて店を出た。

「……どうだった？」

出口を潜った先には、別の男が待ち構えていた。

「大した情報はなかったが、この地にも髑髏仮面が出現した裏は取れた」

「そうか……正体は何者だろうな？」

「誰であれ、捨て置くには惜しい逸材だよ。こっちはずっと狙っていた賞金首を横取りされたんだ。代わりというわけでもないが、ぜひとも欲しいな、俺たちのレギオン『黒色の鉄十字』に」

「スカウトして、断られたら？」

「……わかってて訊くなよ。味方じゃない腕利きなんて、邪魔なだけだろ」

「そりゃそーか」

ふたりは肩を並べて、エラントの夜の闇に消えていった。

第二章　サランドヒルに潜む影

今日も今日とて馬車の旅。

停車した護送馬車の檻の外では、ただ今レナンくんが剣を振り回して奮闘中です。

相手は狼っぽい獣が五匹ほど。馬車を引く馬を狙ってきたのでしょう。

「手伝いましょうか？」

「大丈夫ですから、タクミさんは手を出さないでくださいね‼　これも僕の職務なんですから！」

「わかってますよ。ほら、右から新手ですよ？」

「ええい！　しつこいな、もう！」

とはいいつつも、陰からこっそり援護射撃です。掌の上にＢＢ弾ほどの小石を載っけては、よく狙いを定めて指先で弾きます。

「きゃいん！」

死角から襲いかかろうとしていた狼の鼻先に石つぶてが直撃し、気を逸らすのに成功し

ました。これくらいは許容範囲ということで、許してもらいましょう。

この異世界は本当に物騒ですね。連日連日飽きもせず、今日だけでも野盗に獣に魔物と、何度遭遇したことか。檻の中の野盗団子もふたつめで、そろそろ手狭になってきましたから、早いところ次の施設で引き渡したいところですね。

「ふ～。終わりましたよ。タクミさん」

無事に撃退したレナンくんが息を切らして戻ってきました。御者席で一息吐いて油断した隙に、悟られないように背後からこっそりヒーリングです。

初日に比べ、だいぶレナンくんも逞しくなったのではないでしょうか。こちらの世界では、戦闘経験がそのまま身体能力向上に直結するようですので、連日剣を振るっているレナンくんも、目に見えて強くなっているのでしょう。

先日も、レベルが２上がったと喜んでいました。これまでの二年間の役人見習い業務では、レベルが１しか上がっていなかったそうですから、まさに実戦経験の賜物ですよね。

若い子が頑張って成長していく姿は、見ているだけで微笑ましいものです。

今のところ、明らかに実力不足な場面では、私が無理に介入していますが、そのうちレナンくんひとりでもなんとか……なんとか……う～ん、できるようになるといいのですけどね。まだもう少し先は長そうですが。

私はレベル２のまま変わっていませんが、石当てだけはずいぶん上達しました。それはもう、この数日でもかなりの量を飛ばしましたから。今では十メートル圏内でしたら、ほぼ百発百中ですね。そのうち新たなスキルに、〈石当て〉とかついちゃうのではないでしょうか。ふふふ。

お互いの成長に伴い、私たちの仲も経過良好でして、だいぶ打ち解けてこれたような気がします。これはもう、私のことを『あんた』→『タクミさん』→『おじーちゃん』と呼び名がランクアップする日も近いのでは？　と、大いに期待しております。

その証拠に、最近では勝手に護送馬車から抜け出しても、お小言がなくなりました。……若干、諦めた感がないわけではありませんが、はい。

「ねえ、タクミさん、訊きたいことがあるんですけど」

移動中は手持ち無沙汰ですので、街路沿いの木の葉を石で落として手慰みしていますと、レナンくんから話しかけられました。日中はいつも職務遂行に気を張っていて、余計なお喋りを控えるレナンくんとしては珍しいことです。

レナンくんは御者席で正面を向いているため、背後のこちらからではその表情は窺えませんが、どうやら世間話の類ではないようです。

「……タクミさんって、何者なんですか？」

それはまた唐突ですね。

「僕が知らされているのは、素性もステータスもなにもわからない、国家反逆の大罪人で極悪人だと……」

後半はともかく、前半はそうでしょう。捕らえられた当初も簡単な取り調べはありましたが、すべて黙秘しましたからね。日本のことや召喚、とんでもステータスや神であることなど、どれひとつ取っても大騒動になること間違いなさそうですから。

意味合いは違いますが、沈黙は金でしょう。強硬手段の一切が効かなかったことで、いろいろな意味で察してはくれたようですし。

「大量虐殺の国家反逆罪とやらは冤罪ですよ。誰ひとり殺したことなどありません」

とはいえ、この間は野盗の人をついうっかり殺めそうになってしまいましたが。あれは未遂でしたので、忘れる方向でお願いします。

「信じてもらえますか?」

「……信じようと信じまいと、僕はただの見習い役人、国が決定した罪状を否定できる立場にありませんから」

ということは、少なくともレナンくんの中では私の罪状に肯定的ではない、ということでしょうか。ありがたいことですね。

「私が何者かという点ですが、レナンくんになら教えてもいいですよ?」

レナンくんは思わずといった感じでこちらに振り向きましたが——私の満面の笑みを見て、緩慢に前方に向き直りました。

「やっぱ、やめときます。なんか、聞いたら――すっっっっごく！　碌なことにならない気がしてきました」

「ありゃ、そうですか。残念ですね」

ふたりで笑い合います。また一歩、距離を縮められた実感を持てましたね。

その日の駐留場所は、ちょっと大きめの町でした。今回は移動距離が短く、まだ陽がようやく傾きかけたという時間で到着です。

野盗団子の引き渡しも終え、残りの処理もあるレナンくんとも明日までまたしばしのお別れですね。

夜明けの出発まで時間の猶予はたっぷりとありますので、例のごとくお出かけすることにしましょうか。

『スカルマスク、クリエイトします』

これまた例のごとく、仮面で変装です。

この仮面は予想以上に便利なものでして、正体を隠せる上に、相手が勝手に冒険者と勘違いしてくれて、近隣住人とのいらぬ騒動も避けられます。荒っぽい人が多い冒険者は、一般人から距離を置かれがちなのですよね。ただし、子供に泣かれたり、犬に吠えられるのが難点ではありますが。

この町には冒険者ギルドがありましたので、『青狼のたてがみ』のみなさんに近況を伝えるべく、また手紙を送ることにしました。

冒険者ギルドを訪れても、余計な声をかけられることもなく、実にスムーズです。このマスクのおかげで、見た目的にも冒険者に馴染んでいるということなのでしょう。受付カウンターに向かいますと、混み合っていてもみなさん親切に無言で道を譲ってくれます。

その日は、町中で迷子の子供を見つけて親御さんを一緒に捜し回ったり――ガラの悪い人に絡まれていた娘さんを助けたり――何気なく散策していた町周辺の森で、魔物に襲われていた冒険者さんの助っ人をしたり――その森の奥で発生しかけていた魔窟を、依頼で訪れていた冒険者さんパーティと協力して潰してみたり――などしている内に日も暮れましたので、檻へと戻りました。

周囲はもう薄暗かったのですが、駐留場所の裏庭でレナンくんがひとり剣の修練を行なっていました。昼間も御者やら護送やら戦闘やらでなにかと大変で疲れているでしょうに、頑張り屋さんですね。

私が剣でも使えればお相手したいところですが、今のチャンバラ程度の私の腕では、かえって迷惑でしょう。

そうそう。剣といえば『剣聖』の井芹くんですが、ふとした折に知り合いであることをレナンくんに話したら、すごく羨ましがられました。さすがは『剣聖』、誰にでも大人気のようですね。ちょっと妬けてしまいました。

そうして、今日もまたそんな感じで、王都への旅路の一日も終わるのでした。

本日は、このところでは珍しく、静かな日でした。招かれざる来訪者もなく、実にのんびりとしたものです。

時刻としては正午近い頃合いでしょうか。頭上の太陽が中天を指しています。暖かな日差しのもと、目を細めて横になっていますと、ここが護送馬車の檻の中ということを忘れてしまいそうになりますね。

陽気に晒されて、ついうとうとしかけていますと、馬車が緩やかに速度を落とし――ついには停車してしまいました。

次の中継地までは、まだまだ時間を要するはずですので、またなにかのトラブルかと思いきや。

「これはまた……すごい渋滞ですね……」

トラブルはトラブルでしたが、御者席のレナンくん越しに見えるのは、人や馬車の群れでした。

まるで、ニュースでよく見かけるゴールデンウィークの高速道路のようですね。最後尾であるこちらが少し高台になっていますから、かなり前方まで蛇行しながら続く渋滞の列が見渡せます。

道は途中から緩やかな渓谷の谷間へと入っていますので、渓谷の奥でなにかがあったのかもしれませんね。

レナンくんが近くにいる荷馬車の御者さんに原因を訊ねますと、どうやら谷で落石が発生して通れなくなっているらしい、との返答がありました。

伝言ゲームのように、列の先頭から順次情報が伝わってきているようですね。最後尾の私たちの後ろにも新たな馬車が並びましたので、レナンくんもそちらに情報を回していました。

私はというと、護送囚人なわけですから、周囲の方々に余計な威圧感を与えないためにも、檻の隅で縮こまり中です。

「う～ん。困りましたね。予定を変更しないといけなそうですね。この道が通れないとなると、次の分岐から左の側道に抜けるしかない、かな？」

レナンくんが地図を広げて道の確認をしています。

わざと大きめの声で独白しているのは、後部の私にもそれとなく伝えるためでしょう。

さすがに衆人環視の中で、護送対象の囚人と護送する役人が普通に喋っていてはまずいでしょうから。

ただ、その次の分岐とやらを眺めてみますと、そこも渋滞の列に埋もれてしまっていました。むしろ、その分岐路で渋滞が激しくなっているのではないでしょうか。行き止まりから引き返してくる人たちと、こちらから向かう人たち、その双方が分岐路に入ろうとして、より混雑しているっぽいですね。

「お勤め、ご苦労様ですな。お若いお役人さん」

横にいた馬車の窓から行商人風の方が顔を出し、レナンくんに話しかけてきました。

反射的に、私も檻の中からそちらに顔を向けたのですが、あちらの馬車の護衛の方に、物凄い目で睨まれてしまいました。ここは大人しく、聞き耳を立てるだけにしましょう。

「お役人さんは、どちらまで？」

「あ、はい。王都まで囚人の護送です」

「ふうん。そうですか」

問いかけてきた割には、すごく興味なさげです。それどころか、やや小馬鹿にした感があるのは、気のせいでしょうか。

「それはそうと、公用道路がどうやら落石による通行止めで、この先のエチル伯爵領を通るしかないそうですな？」

「そうみたいですね。ぼ――私たちも、そちらの道に迂回しようと考えています」

「伯爵領に入るには、検問で通行料が取られましてな。決して安くもない額です。わたしたち商いで生計を立てている身では、収支が狂って痛手でしてな。そちらはよろしいですなぁ、国の任務とあれば素通りでしょう？」

「え、ええ。そうですね……それはたしかに」

「まあ、落石など自然災害ですから、文句をつけても仕様がないのですが……ご存知ですかな？　この先の渓谷では、結構な頻度で落石による通行止めが発生しているのですよ。それも流通が増して、道の利用者が多くなるこの時期を狙ったように、何度も何度も。……お役人さんのほうで、どうにかならないものですかな？」

「……すみません。私はノラード所轄の役人でして」

「…………」

「…………」

しばし、沈黙の時が流れます。

「……申しても栓ないことでしたな。なにせ相手は自然災害だ。いちお役人さんにどうにかできるわけもありませんな。さて、この渋滞解消には、まだまだ時間がかかりそうですな。この炎天下では、積み荷が傷んでしまうやもしれません。わたしはひとつ前の町に引き返し、明日にでもまた来ることにしましょう。それではお勤めにお励みください、お若きお役人さん」

行商人さんが指を鳴らしますと、彼の馬車は反転し、そのまま来た道へと戻っていってしまいました。

「……嫌味っぽい言い方でしたね」

さりげなく御者席のほうへ移動し、鉄格子を背にレナンくんへ語りかけます。

背中合わせでしたら、周囲から見られても変に思われることはないでしょう。

「……誰かに不満をぶつけたい、あの人の気持ちもわからなくもないですよ。あの人にしてみたら、僕は文句をつけたい相手と同じ側の人間ですからね。僕も資料として読んだことくらいしかないんですけど、実際にそういうこともあるみたいです……」

わざと落石事故を起こしては通行者を自領へと誘導し、身分を笠に通行料と称して金銭を巻き上げる――ですか。どこの世界にも、あざといことを考えつく者はいるのですね。

伯爵といいますと、爵位からも結構な権力者なのでしょう。そこいらの小悪党でしたら逮捕されて終わりかもしれませんが、指示しているのが権力者ですから性質が悪いですね。

「この現状を、こちらの担当役人さんに訴えても無駄ですか？」

「現場を押さえたのならまだしも、まず無理でしょうね」

それで是正できるのでしたら、とっくにされているということですか。世知辛い。

この道の利用者は、裕福な人ばかりでもないはずです。特に乗合馬車を利用される方などは、出稼ぎ目的が多いと聞いていますから、さぞ負担が大きいでしょうね。どうにかできないものでしょうか。

それから二時間ほども費やして、護送馬車はようやく分岐路の側道に入ることができました。曲がり角はひじょうに混雑していましたが、一度入ってしまうと道はそれなりに空いています。

遅れを取り戻そうと、各々が急いでいることもあるのでしょう。馬車同士の間隔は開いており、これでしたら多少のことで目立つこともなさそうです。

「レナンくん、ちょっと出てきます」

見たところ、道は一本道。通行する方々はもれなく護衛付きですから、しばらくは外敵による襲撃の心配はないでしょう。

「は？　ちょっと、タクミさん⁉　こんな往来の真ん中では、さすがにやめてくださいよ！」

「大丈夫です。こっそり出ますから。検問とやらに着くまでには追いつきますね」

「ああ、待って！　って、全然、僕の話を聞いてくれないんだから、ああもおー！」

恨みがましい目つきのレナンくんを尻目に、馬車が木陰に入った瞬間を見計らい、檻の外に飛び出しました。

近場の茂みに紛れて様子を窺いましたが、見咎めた通行者はいないそうですね。

『スカルマスク、クリエイトします』

お馴染み、スカルマスク、スカルマスクの出動です。

あんまり護送馬車の中身を空にしておくのもまずいですから、一目散に来た道を駆け戻りました。全力疾走しようとすると、衝撃波で地面や周囲の岩とかが砕けますので、被害が出ない程度に速度を抑えます。

我ながら、尋常でない速度で風景が後ろに流れていきますね。これって亜音速とか、そういうレベルなのでしょうか。

ものの数分も経たずに分岐路まで戻り、そこから先は人の流れに逆走していきます。すれ違いざまにぎょっとする方々の間をすり抜けながら渓谷に入りますと、前方に落石現場が見えてきました。

そこに広がる光景は……なんともまあ、渓谷でも特に道幅の狭い場所を狙った露骨な落石ですね。

普通の落石でしたら、岩石の数個が転がっているくらいでしょうが、現場はいわゆる土砂崩れのようになっています。周りに崩れ落ちた箇所が見当たらないにもかかわらず、道幅いっぱいにうずたかく岩石や土砂が積まれているさまは、滑稽でもありますね。

まあ、隙間なく頑丈そうに造り上げられた土壁は、土木作業としては丁寧な仕事で感心できなくもありませんが……これを自然災害と主張するのには無理がありそうです。

この時点でも、後続に阻まれて道を戻れずに、結構な数の通行者が立ち往生しています。とある乗合馬車からは、赤ん坊の泣き声まで聞こえてきますね。こんな状況で何時間も可哀相に。

　では、さっさと終わらせましょう。

「おい、あんた。迂闊に触ると危ないぜ？」

　土砂の壁に近づこうとした私の腕を、冒険者らしき男性が押さえました。

　向き直った私と――正確には仮面のほうなのですが、真正面から対峙した男性が一瞬怯んだ気配が伝わってきます。

　男性の後ろには、他にも冒険者らしき方が控えていますから、どれかの馬車の護衛パーティなのでしょうね。

「……俺らもさっきやってみたが、幅も厚みも相当あって、並のスキルや魔法じゃあビクともしない。下手に手を出して崩れて巻き込まれでもすると危険だぞ？　除去作業は、明日にでも管轄の伯爵家で手配されるはずだ。ここは大人しく引き返したほうがいい」

　もしかして、その除去費用も通行者や住民から徴収するのでしょうか。もしくは、国から助成が下りるとか。どちらにせよ、悪質なマッチポンプですね。

　人ふたり分くらいの高さがありそうな土砂の壁を見上げます。

　塞いでいるのがただの岩石でしたら、退けるなり砕くなりで解決しそうですが、土砂となると撤去は難しそうですね。かといって光学系や爆発系の兵器は、威力がありすぎて本当に落石を招くどころか、周囲の地形ごと崩壊させかねません。これからも万人が利用する公道です。ダメージは最小限に抑えたいですね。

となりますと、道を塞ぐ土砂や岩石のみを弾き飛ばす——これしかないでしょう。

「みなさん、すみません。ちょっと下がっていてくださいね」

「え？　あんたなにを——」

『ロボットパンチ、クリエイトします』

天に掲げた右腕の上に、形状としては同じ肘から先の——拳を握った巨大な黒金の前腕部が出現します。

唐突に現われた異形の物質に、ずざざっと周囲がいっせいに距離を取りました。

——解説しましょう！

昔懐かしテレビマンガ、とある正義のロボットが活躍する王道シリーズに、由緒正しき必殺技があります。身体の一部をミサイルに見立てて飛ばして敵を倒すという、今にして思えばかなり思い切った攻撃方法ではありますが、私を含めた当時の子供たちは熱狂したものです。

本来は、肘から先を射出する技ではありますが——実際に飛ばしてしまうと創生物なので消えてしまいますから、ここでは単なる鈍器扱いです！　以上です！

「では、いきますよっ！　そ〜れ、ロボットパーンチ！」

まるで自分の腕で殴りかかるように振りかぶり、前方の壁に向けて一気に叩きつけます。

さしもの大量の土砂や岩石も、超質量の物理攻撃の前に屈し、巨大な拳の形に消し飛びました。

——巨悪との戦い、もとい撤去作業は終わりました。

さすがに叩きつける面積が大きいと効率もよく、渓谷の道を覆っていた土砂はあっさり取り除かれました。多少、道の端に土砂の塊が残ってはいますが、通行の邪魔にはならないでしょう。

「あんた、いったい……？」

茫然とした様子で歩み寄ってくる冒険者の男性に、とりあえず告げました。

「名乗るほどの者ではありません。怪しい者でもありませんので、お気になさらずに！　さらばです、とうっ！」

颯爽と身を翻します。ヒーロー気分にちょっと興が乗ってしまったのは内緒です。

それなりに時間を食ってしまいました。さっさとレナンくんのところに戻らないといけませんね。

「いや、怪しすぎんだろ……そうか、あれが噂の黄金の髑髏仮面か……なんて恐ろしい奴なんだ……」

走り去る背後からなにか聞こえましたが、気にしないでおきましょう。

護送馬車に戻りましたが、検問前の木陰で馬車を停めて待ち構えていたレナンくんに、大目玉を食らってしまいました。

◇◇◇

戻りがてら、道行く方々に通行止めが解消されたことを伝えて回りましたので、思いの外時間がかかってしまいましたね。

「タクミさん、もしかしなくても、またなにかやりました？」

通行止めの解消をレナンくんにも教えたら、すごい半眼で睨まれてしまいました。悲しいことに信用ありませんね。まあ、実際にやっちゃったわけですが。

それ以上お叱りを受けなかったのは、行商人さんとのやり取りもあり、レナンくん自身にも思うところがあったからでしょうね。

とりあえず、これからのことについて軽く話し合うことにしました。

護送行程はあらかじめ指定されており、変更には中央――つまり王都の役所本部からの認可が必要らしいのです。

一度、分岐路まで戻り、正規のルートを進むことも思案しましたが、今更戻るとなりますと、かなりの時間を要してしまいます。また、戻る道すがら私が勧告したことで、引き返している方々は多いでしょうから、分岐路辺りではまた渋滞が発生していそうです。なにせ、通行できるようになったとはいえ、あれだけ大勢の通行人が足止めされていたのですから、そうすんなり通れるとも思えません。

原則、護送馬車の夜間移動は禁止されており、護送中の野営などもっての外とのこと。以上の理由から、私たちはこのまま検問を抜け、この先のエチル伯爵直轄地サランドヒルの街の役所にて、中央からの指示を仰ぐことになりました。

国の紋章入りの護送馬車だけに、レナンくんが護送指令書を提示するのみで、検問もほぼフリーパスでした。

先に到着していた旅行者らしき方々が、検査員さんたちに執拗な所持品検査を受けている中、横を素通りするのはあまり気持ちのいいものではありませんでしたが、それも仕方ないでしょう。

周囲もだいぶ薄暗くなってきました。

検問を抜けますと、ほどなくして街の明かりが見えてきます。

伯爵家の直轄地とあって、ずいぶん大きな街ですね。規模としましては、ノラードの町の倍くらいはありそうです。

街は外堀と外壁で囲まれて、二重の備えになっているようです。跳ね橋の袂にある受付門で手続きを済ませ、少し待たされた後、護送馬車は街の中に案内されました。

案内人の誘導に従い、馬車専用と思しき裏通りを抜けますと、目的の役所にはすぐに着きました。街の規模に比例して、なかなか立派な門構えですね。

前もって情報が回っていたのでしょう、馬車が門を潜りますと、すでに数人の制服姿の役人さんたちが、役所正面口の前で待機していました。

「ノラードのレナンです。ご厄介になります」

「報告は受けております。サランドヒルの役所の所長ハイゼルです。護送任務、ご苦労様です」

所長のハイゼルさんは、制服をぴしりと着こなした厳格そうな髭の紳士でした。馬車を降りるレナンくんを握手で出迎えるさまが、堂に入っています。

「勇名はかねがね。お若いのに、実に素晴らしい。お目にかかれて光栄です。ようこそ、サランドヒルへ。歓迎いたしますよ」

「いやあ……その、お恥ずかしい限りです」

レナンくんが一瞬、恨めしそうに私に目配せしました。

こんな遠く離れた場所にまで、〝ノラードの剣鬼〟の名は知れ渡っているようですね。

役所は冒険者ギルドのような通信手段を保持していないはずなので、連絡は主に人馬に頼った封書あたりでしょうが、役所の連絡網というものも、侮れませんね。

「……けっ、なんだ。まだガキじゃねえか」

そんな言葉が聞こえて、レナンくんと同時に声のほうに目を向けますと、出迎えの役人さんたちの中に、ひとり異質な人が交じっていました。

　二十歳手前くらいの若者で、他の年上の役人さんたちが身なりを正している中、ひとりだけ制服を着崩してだらけています。やる気のなさそうな態度といい、こういってはなんですが、ガラの悪いチンピラ感がありますね。

「クランクくん！　その物言いはレナン殿に失礼だろう⁉」

　即座にハイゼル所長さんの叱咤が飛びますが、意に介してもいないようです。レナンくんを値踏みするように、〝クランクくん〟でしたか、彼の不躾な眼差しがレナンくんに注がれています。

「んで、おたくが例の国家反逆罪の大虐殺犯？　なんだ、どんなゴッツイ悪漢かと思ったら、気が抜けるくれえ、のほほんとした奴だな。面白くねー」

　警棒片手のクランクくんが、挑発するように私の乗る護送馬車の鉄格子をカンカンと叩いています。

「一度訊きたかったんだけどよ、何十人も虐殺するってどんな気分？　良心痛まない？　むしろ気持ち良かったりすんの？」

「無闇に囚人に近寄るんじゃない、クランクくん！」

　再度の叱咤にも、横目で視線をわずかに向けただけで、気にかけた様子もありません。

「で、どーよ、実際？」

そう問われましても、答えようがありません。私だって大量殺人犯の心理状態など、共感できませんしね。

「はて。冤罪ですからわかりかねますね」

「……ふ～ん。あっそ」

「クランクくん！」

「はいは～い。何度も怒鳴らなくてもわかってますって。うっさいなあ。単なる知的好奇心ってやつじゃんか。じゃあ、通常業務に戻りま～す」

用は済んだとばかりに興味をなくしたようで、彼は役所内に帰っていきました。

ハイゼル所長さんはその後ろ姿を忌々しげに見つめています。

「気分を害されたら申し訳ない、レナン殿。あやつは少々訳ありでしてね。恥ずかしながら、我々も手を焼いているのですよ」

「いいえ、気にしていませんから」

「そう言っていただけるとありがたい。それで今後のことですが、明日の朝一番に王都へ打診したとしても、返事を得るまでに数日は要するでしょう。もうすぐ日も暮れます。役所内の宿直用の一室をお貸ししますので、それまではこちらでゆるりと連日の任務の疲れを癒されるとよいでしょう」

「こちらこそ、助かります。ありがとうございます、ハイゼル所長！」

ハイゼル所長さんに連れられ、レナンくんは行ってしまいました。

私のほうはといいますと、残った役人さんたちに別の場所に連行されるようです。普段でしたら翌朝にはもう出発しますので、護送馬車の檻内にそのまま留置されるのですが……今回は数日と長いこともありまして、施設内の牢屋にでも勾留されるのでしょうかね。

……あまり厳重な場所ですと、抜け出すのに苦労しそうなのですが。

クロッサンド・エチル伯爵は愚鈍な男である。
伯爵家に代々仕える執事筆頭のシレストンは常々そう考える。
先代はまだ主人として仕えるに値する男だった。凡庸ではあったものの、愚かではなかった。ならば公私にわたり支え、内外をサポートすることで、主としての価値を高めることができる。それこそ従者としての腕の見せ所ともいえるだろう。
だが、嫡男ということだけで早世した先代の跡を継いだクロッサンドは、ただの馬鹿だ。自制もできない醜く弛んだ身体つき。頭の回転も遅く、理論的に物事を考えられない。沸点が低く感情的になりやすく、容易に大義を見失う。社交の席で、どれだけフォローしたか数知れない。

私人として低能の上、公人としての格式もなければ品位もない。豚に真珠とはよくいったものだ。これのどこが、貴き血族の伯爵位というのだろう。

(この豚が!)

シレストンは涼しい顔をしながら胸中で毒づく。

短く刈った銀髪を一糸乱れず後ろに流し、聡明そうな面立ちに怜悧な双眸には銀縁の眼鏡。糊の利いた黒の燕尾服を隙なく着こなして、直立不動で馬鹿主の前に立つ。

対してその主は、ただでさえだらしない裸体に、だらしなくバスローブだけを羽織り、ソファーのクッションにだらしなく身を投げ出している。潰れているのは、脂肪かクッションか、直視に堪えない醜悪さだ。

ワイン片手の泥酔状態。口からは涎か酒か、なにかの液体を垂らしている。脂ぎった顔に、禿げかけの頭髪。年齢はシレストン同じ二十九であるはずだが、親と子ほどの歳の差があるようにも見えた。

これがどこぞの関係ない赤の他人なら、笑って見下せばそれで済む。しかしながら甚だ不条理なことに、これが、こんなものが、実質の自分の主であるのだから、シレストンとしては頭痛の種だ。

(早いところ、死んでくれると嬉しいのだが)

そんな胸中はおくびにも出さず、シレストンは主に告げる。

「旦那様。先刻、例の渓谷を塞いでいた土砂が、何者かに取り除かれました」

「はあ？　それはどういうことだ？」

（どういうこともなにもなかろうに……）

「ですので、公道が通行できるようになりました、と申し上げております」

もともと飲酒によるクロッサンドの赤ら顔が、見る見る内に赤味を増していく。

クロッサンドは健康上の理由から、酒の類は止められている。しかし、従順な従者であるシレストンは、主が求めるものを取り上げるなどという無粋な真似はしない。その意図するところがなんであれ、それが正しき従者の姿だろうと勝手に決めて。

「それでは、平民どもから通行料を巻き上げることができないではないかっ⁉」

シレストンは飛んできたワイングラスを、避けざまに優雅に空中でキャッチする。屋敷で使うグラスは高価で、グラス自体に罪はない。もとよりグラスが割れでもしたら、誰が片づけるというのか。

シレストンは主に対する労力は、極限まで惜しむことにしていた。

「くっそぅ！　わざわざ高い金で人を雇ってまで、道を塞いだばかりだというのに！　これでは、元すら取れんではないかっ⁉」

主の悔しがる姿にシレストンは愉悦を覚えるが、領主に代わり領内の財政を預かる身としては、あまり悠長に構えてもいられない。

クロッサンドの浪費癖は、国内でも有名だ。美酒に美食に美女と、自分にないものを求めてやまない性質にある。おかげで、伯爵家の懐事情はいつも火の車。借金もかさみ、このままでは爵位を剥奪されてもおかしくない。

「このままでは……このままでは……」

一転して、クロッサンドは頭を抱えて青くなって震えている。

隣領の侯爵家から受けた融資の返済も滞っている。先代がなくなって代替わりしてからというもの、野心旺盛な侯爵家だ。今回の融資話も、領地の乗っ取りの罠であることはシレストンにはわかっていた。もちろん、愚かなクロッサンドは全く理解しておらず、呑気に喜ぶだけだったが。

その融資金を有効に使い、領内の資金繰りや開発を進めれば、まだ希望はあっただろうが、クロッサンドにはそういった才覚も覚悟も欠如していた。結局、その金を豪遊に次ぐ豪遊で食い潰した段階で、ようやく事の重大さに気づいたらしい。そこまでにならないと自覚できないあたりが、馬鹿の馬鹿たる所以だろう。

(馬鹿な豚はさっさと死ね!)

馬鹿は無能にも劣る。無能はゼロだが馬鹿はマイナスだからだ。自己主張する馬鹿こそ手の施しようがない。他人のいうことを聞くだけの無能のほうが、どれほどマシだったか。

本来なら裏から手を回して止めを刺すか、あっさり見捨てるかで意趣返ししたいところではあるが、さりとてシレストンの一族は由緒正しき執事の家系。綿々と受け継がれてきたその矜持がある以上、おいそれと主家を見捨てることはできない。

あくまで従者の領分から外れずに尽力し、それでも復興叶わぬときこそ主家の最期を看取るのが最後の忠義。それを経たのち、新たな主人を求め道を模索するのが、執事のあるべき姿というものだろう。

（ああ、そのときが待ち遠しい……）

神妙な面持ちでかしこまったまま、やはり口にはしない。

シレストンが有能であるのは自他ともに認めるところ。さっさと没落してくれて、枷から逃れたいという思いは強い。そして、そのときは着実に近づいている――はずだったのだが。

どこで入れ知恵されたのか、いつの頃からか公道を塞いで通行料をせしめるという小賢しい手段を使うようになった。大した労力もなく、適度に儲かるので味を占めたらしい。

シレストンの反対を押し切り、毎年この時期になると必ず行なっている。これがなければ、今頃はもうエチル伯爵の家名は残っていなかっただろう。

それゆえ今年こそと、対処を考えあぐねていたところに、計画が破綻したとの吉報だ。

誰だか知らないが、感謝の念に堪えないのではあるが――

ただ、これではまだ押しとしては弱い。状況を利用して、もう少しだけ没落の時を早めてやる必要があるだろう。それには情報を与え、あとほんの少し背中を押してやるだけでいい。

「実は本日、予定にはない囚人護送の馬車が一台、街のほうに入っております」

「それがどうした⁉」

（まあ、馬鹿な豚に、頭を使うなんて高度なことができるわけないか。訊けば答えが返ってくると思っているあたり、おめでたいものだ）

「道が解放された日に、国の管理下にある役人が来たのです。なにか関連があるのやもしれません」

「な、なに⁉　もしや国が気づいて、その者を派遣してきたと……？」

「あくまで想像ですが」

実際のところ、関連は薄いだろう。これが仮に国の計画の一端だとしたら、あまりに杜撰すぎる。単に行き止まりで、こちらに迂回してきたというのが正解だろう。それにこの愚物が気づくとは到底思えないが。

（さあ、ない頭でもっと深読みするがいい）

「どうするか……？　報告が行く前に、いっそ口を塞いで……」

（やはり安易にそこに行き着くか……救いようのない）

第一級囚人の護送は、任務の重要度も高い。その役人を任務中に自領で貴族が害したとなると、国家に対する立派な反逆罪だ。自分で自分の首を絞めるのだから、本望に違いない。

「その囚人とやらは本物なのか⁉　そやつも囚人に身をやつしたグルではないのか⁉」

「書類としては正規のものです。ただし、国がその気でしたら、偽装などいくらでもできましょう。罪状、大量虐殺。罪名、国家反逆罪。囚人の名を〝タクミ〟と」

――ばぁん！

突然、寝室に繋がるドアが開け放たれ、そこからひとりの妙齢の女性が姿を見せる。半裸ともいえる格好で、身に着けているのはクロッサンドと同じくバスローブのみ。はだけたバスローブからは艶めかしい肢体が覗いているが、その大半は痛々しい包帯に包まれている。

「どうしたんだい？　なにかあったのかな？」

その女性を目にした瞬間、クロッサンドのだらしない顔が、さらに見るに堪えないくらいだらしなく歪む。

発情した猫の喉が潰れたような猫撫で声に、シレストンは危うく唾棄しそうになった。

「……いいえ、あの……今、〝タクミ〟という名が聞こえたようだったけれど……？」

寝室のドアは厚い。行為中の物音が漏れないためではあるが、それでも閉め切られた状態で、こちらの声が聞こえたとなると、それは聞き耳を立てていたことに他ならない。

クロッサンドがこの女を拾ったのは、外遊で遠出をしたときだった。

あれは二週間ほど前、マディスカの町近くを通りがかったときに、道端の物陰で瀕死の重傷を負って蹲る彼女を見つけ、手厚く看護したのが発端だ。以来、こうしてクロッサンドの情婦として屋敷に住まわせている。

シレストンは、ずっと奇妙な違和感を覚えていた。

女好きのクロッサンドが、気に入った女を囲うなど日常茶飯事。しかしながら、この女への入れ込み具合は尋常ではない。

女はたしかに若く扇情的で見目麗しくはあるが、屋敷にいる他の女たちよりも美姫というわけでもない。それどころか、重傷で発見され、素性も知れないとなると、通常では敬遠しそうなものだ。

仮に、逆にそこに興味を持ったとしても、大抵は一夜限りの遊びで済ますクロッサンドが、こうも手元に置きたがる理由にはならない。まるで、魅了されたかのようだ。

（ちっ、気味の悪い女だ）

正直なところ、シレストンは彼女が苦手だった。いっそ、怖いといってもいい。彼にとっては珍しいことだが、本能的に忌避する感覚が、どうしても拭えなかった。

「そうですよ、イリシャ様。本日、街に護送されてきた囚人の名前です。それがいかがなさいましたか？」

「……そうですか。いえ、なんでもありません」

イリシャは、そそくさと寝室へと引っ込んでしまった。

戻り際、無造作に下ろした長髪越しに垣間見えた彼女の口元は、おぞましく笑っているかのようだった。

Sランク冒険者として名高き『影』ことイリシャは、先の依頼にしくじってからというもの、サランドヒルの街の伯爵邸に身を寄せていた。

もともとサランドヒル領主であるクロッサンド・エチル伯爵と面識があったわけではない。単に、瀕死の重傷でいたところを、たまたま通りかかった女好きの伯爵に拾われただけのことだった。

これ幸いと〈完全魅了〉スキルでクロッサンドを魅了したイリシャは、以来ずっと伯爵邸の屋敷の奥で、情婦と称して引き篭もっている。

理由はふたつある。

ひとつは傷の療養のためだ。負傷の原因となった冒険者ギルドからの依頼内容は、とある人物の捕縛。罠に嵌めて手玉に取ったつもりでいたが、逆に罠に嵌められるとは、さすがのイリシャも思っていなかった。

ターゲットの泊まる宿で待ち構えていたイリシャを奇襲してきたのは、三十名にも及ぶ暗殺者集団だった。偶然の出会いを装って知り合ってから、ほんの数時間。どこでどうやってあれほどの手勢を揃えたのか、いまだ不可解ではあるが、実際に迎え撃たれたのは事実。ということは、最初からこちらの策謀を見破った上で策に乗り、軽くあしらわれたことになる。

いかにSランクの冒険者の力をもってしても、暗殺技能持ちの手練れ連中全員を相手にするのは分が悪かった。素手に近い状況で、どうにか襲撃者を亡き者にしたが、受けた傷も深かった。

ふたつめは、その襲撃者が単なる裏稼業の人間ではなかったことだ。イリシャも事が終わってから気づいたが、連中は国の飼っている狗だった。裏の情報を通じて、名前だけは聞いたことがある『鴉』がそれだろう。

つまり、例のタクミというターゲットは、国家の飼い狗の一匹だった可能性が高い。結果論ではあるが、情報を引き出す前に連中を皆殺しにしてしまったのは痛恨のミスだった。

しかも這う這うの体で逃げるのが精一杯で、騒ぎを聞きつけた宿の住人にあっさり露見してしまった。あまつさえ、証拠隠滅どころか逃げる姿まで目撃されてしまう始末だ。

一般人の殺傷を厳しく禁じる冒険者ギルドだが、相手もその筋の者ならば殺し自体に問題はない。しかし、今回は連中の素性が素性だけに、飼い主が黙っているとも思えない。体面第一、顔に泥を塗られた権力者がどれほど執拗かは、身に染みている。国家など、その最たるものだろう。そこを考慮し、ほとぼりが冷めるまでサランドヒルの街に身を潜めていたのだが――

どういうわけか、先日手に入れた情報によると、当の〝タクミ〟がその犯人として指名手配されていた。裏切られたのか、それとも見限られての尻尾切りか。とにかく、イリシャにとっては幸運でしかない。

これには冒険者ギルドも大慌てだったろう。ギルドも正体は知らなかったはずだが、とんだ獲物に目をつけたものだ。おかげでこちらはこのざまだっただけに、多少は溜飲も下がるというもの。

無実の罪で公開処刑、それも惨めで大いに結構だが――とイリシャは思う。その程度では受けた屈辱、さらには傷つけられた身体とプライドに釣り合いが取れない。到底、許容できるものではなかった。

（くけけっ、殺してやる――この手で、無残に惨めに骨の一本までしゃぶり尽くして殺してやんよ～！　愛しい愛しい、タクミちゃぁぁ～ん！　ぎゃははははっ！）

痛みに疼く身体をベッドで抱きしめながら、イリシャは毎夜、昏い情念を育んでいた。

しかし、復讐を誓ってからわずか数日後――思いの外、タクミはあっさり捕縛されてしまった。身柄は王都へ移され、処刑されてしまうという。

奪還して誓いを果たすには猶予がないが、イリシャはいまだ心身の傷が癒えておらず、即時に行動に移せない――そう歯噛みしていたときに、怨敵タクミのサランドヒル来訪の情報だ。これも神の思し召しというやつかと、イリシャが色めき立つのは無理もないことだった。

「――で、どういうことかしら？　わたしに連絡はなかったようだけれど？」

深夜。サランドヒルの街の一角。

イリシャは星明かりでぼんやりと浮かぶ裏路地で、ひとりの男と会っていた。

「そういうなよ。急だったんだ。俺だって聞かされたのは、連中が街に着いてからだしよ」

卑屈な笑みを浮かべるのは、役人の制服姿の若い男だ。

男の名は、クランク。幼い頃から色狂いだったクロッサンドが、少年の時分に領内の町娘を乱暴して生まれた庶子であり、粗野な態度のために大人びて見えるが、年齢はまだ十七歳になったばかりである。認知はされていないため私生児扱いだが、生まれのことは領内の公然の秘密とされている。今ではクロッサンドの子飼いとなっており、伯爵の身分を笠に強引に役所に捻じ込んでもらった経緯もある。父は体のいい使い走りとして子を利用し、子は金蔓と権威を欲して父に従っているのだから、どっちもどっちだろう。

イリシャにしてみれば、魅了してもはや下僕扱いのクロッサンド、その操り人形であるクランクもまた下僕に過ぎない。

『鴉』とのことがあり、近づきがたい国の内部情報は、これまでもクランクを通じて得ていた。

「……まあ、いいわ。それよりもひとつ、頼まれてくれないかしら？　例の囚人と話がしたいのだけれど」

「あんたも無茶いうなあ。奴は国家反逆罪の重罪人だぞ。あそこの役人どもがいくらボンクラ揃いっつっても、さすがにそいつは無理ってもんだろ？」

「なにも応接室で対談させろというわけではないわ。鉄格子越しでも構わない。ほんの二言三言だけでも話させてくれればいいの、こっそりとね。あなたがちょっと騒ぎでも起こして、周囲の目を逸らしてくれると、その隙に上手くやるわ。どう？」

「う～ん、それなら……でもなあ」

クランクは大仰に悩むふりをしながら舌なめずりをし、イリシャの艶やかな肢体を文字通り舐めるように見つめている。

(親子揃って、わかりやすいったらありゃしない。どーしようもねえ男どもだな。操りやすくてなによりだ)

「それなりにお礼はするつもりだけど……?」

内心を押し殺しながら、イリシャは意図的にしなを作ってみせた。

それだけで、クランクは目を血走らせ、息を荒らげる。そこに、父親の情婦を相手にすることへの歪んだ欲望が見て取れた。

「よっしゃ！　約束だぜ?」

父親は成り行き上、〈完全魅了〉スキルを使わざるを得なかったが、息子のほうにはその必要もなさそうだった。

女性として成熟しているイリシャにとって、下心丸出しの若造を意のままにすることなど造作もない。もとより、下卑た連中に易々と肌を晒す気もなかった。最終的に、すべての用が済んだら始末するのだから、見せ損に晒し損というものだろう。

クランクはだらしなく笑い、イリシャは微笑む。同じ笑顔であったが、内面はあまりにも乖離していた。

「……さあて、次の手配も必要だよねー。どうしよっかな」

クランクが去ってひとりになったところで、イリシャは素の声で呟いた。

接触にはクランクを利用するとして、問題は実働部隊のほうだ。なにせ、相手は国家が護る檻の中にいる囚人。強引な手段で連れ出すことは容易ではない。

いまだ傷の癒えないイリシャには、直接手を下す余力がない。引導を渡す役を譲るつもりはないが、それまでの過程をこなす手足がいる。

クロッサンドの伝手や、息のかかった者は使えない。事後、痕跡を辿られでもして、発覚しては元も子もないからだ。単独ならばそのような下手を打つ心配はないが、外部の者を使うとなると訳が違う。伯爵家の者には面が割れているため、そちら方面から探られてはなにかとまずい。かといって、関係者全員を消すのも現実的ではない。

「行きずりの裏の連中を雇うしかないか。となると、やっぱりあそこしかないか……」

実際、イリシャが自由に動き回れるほど回復したのは、ここ数日のことだ。そのため、まだこのサランドヒルの街の裏業界にも精通していない。ただでさえ伯爵家直轄地というお膝元では、裏が真っ黒なクロッサンドと関わりを持たない筋者を探すこと自体が困難だろう。

そうなると、選択肢は限られる。行きずりで、しかも訳ありの者、さらには手練れの者が多く訪れる場所——そんな人材を求めるなら、やはり冒険者ギルドをおいて他にない。

冒険者ギルドは、なにも冒険者ばかりが訪れる場所ではない。よくギルドが兼業している酒場には多くの人が集まる。必然的に情報も集まる。そういった情報を求めて、外から来た裏稼業の人間も多く出入りする。そのような構図となっている。特に、脛に傷を持つ者にとっては、格好の隠れ蓑にもなる。かつては、自分もその中のひとりだった。

所在地は把握していたため、イリシャは一般の住民を装い、何食わぬ顔で冒険者ギルドを訪問した。冒険者歴は長いものの、素顔で訪れるのは初めての経験だった。だが、逆にそれゆえ正体を悟られることはないだろう。

そして、イリシャはとある人物に目星をつけた。

店内に人目を避けるようにしてひっそりと佇む、異様な風体の髑髏の仮面を纏った者に——

イリシャは親しみやすい穏やかな笑みを浮かべつつ、ごった返す人波を軽やかに避けながら歩を進めた。

このサランドヒルの街のような大きな冒険者ギルド支所だと、兼業する酒場は普通の飲食店よりもよほど治安がいい。一般人と思しき女性客も普通に利用しているほどだ。

　そんな中、イリシャが冒険者ギルドに入ってまず行なったのは、隠密スキルの使用だった。

　人間は、無意識のうちに気配を発している。それはわずかな挙動、息遣い、表情の変化、物音、視線――他にもいろいろ要因はあるが、総称して〝気配〟と呼ぶ。そして、受け取る側も無意識にその気配を感じ取っている。つまり、気配が薄くなるとどうなるか――たとえ目の前に立っていたとしても、相手の記憶に残らなくなる。極限まで印象が薄くなるといい換えてもいい。

〈気配抑制〉――隠密系スキルの一種で、気配を薄くすることで他人からの認識を阻害するスキルである。よほど注目を集めるか、顔見知りでもない限り、その他大勢の気配に埋もれてしまい、意識を向けられなくなる。

　イリシャはさらに上位の〈気配遮断〉スキルも使用できるが、今必要としているのは隠れることではなく、炙り出すこと。ゆえに、イリシャは所有スキルの中から〈気配抑制〉を選んだ。

　暗殺者は呼吸をするように他人の気配を読む。それは闇を友とし陰に潜み獲物を狩る人種の、身に染みついた習性のようなものだ。だからこそ、一度感じ取った気配が薄まることで、逆に注意を引いてしまう。

（五人ってとこか）

イリシャは瞬間的にギルド内にいる全員の気配を握った。

こちらの意図に気づき、慌てて他に注意を逸らした者三人を含めて、反応をみせたのは五人。

三人は除外だ。このように反応を容易に相手に悟られるなど、格下と告げているようなものでお粗末すぎる。

残るふたりの内、ひとりは自然な風体で緩やかに注意を逸らしていた。おそらくかなりの手練れだろう。反応したのもほんの一瞬で、暗殺技能の最上位にある『影』ことイリシャでなければ、察知できないわずかなものだった。

最後のひとりは、いまだにイリシャのほうを見つめている。ただ、頭部を覆う髑髏の仮面のせいで、本当に視線が向けられているのかは外見から判断できなかった。

気づかれてもなおお視線を逸らさないとなると、それは自信の表れだろう。試すようなことをした、こちらに対する警告かもしれないが。

（あいつにするかな）

イリシャは酒場スペースよりも奥まったテーブルに座る、髑髏の仮面の男に歩み寄った。

意図を察したとはいえ、裏稼業の暗殺者ではなく高ランクの腕利き冒険者という可能性もある。ただし、それならば、なにせこの奇妙な出で立ちだ。ほぼすべての著名冒険者を網羅しているイリシャが知らないはずがない。

死を象徴する髑髏の仮面は、死と隣り合わせの暗殺者には相応しいと思えるが、目立つ黄金色なのはいただけない。となると、印象操作かも知れない。強烈な印象を与えることで、その仮面を脱ぎ捨ててしまえば、人物特定は困難を極めるだろう。

イリシャも普段の冒険者としての仕事では、漆黒のラバースーツに鉄仮面と、一見すると奇異な格好で正体を隠している。ただしこちらは、闇に紛れた隠密と潜入を第一の目的とし、人前に姿を晒さないことが前提だ。目立とうが目立つまいが本質は変わらず、要は方向性の違いだろう。見た目など、実力の前にはさしたる問題ではない。

男は仮面の他には武器も持たず、鎧なども纏っていない。装備は両手足の防具のみ。ただ、この輝きは白銀鋼に違いない。同量の金塊より高価とされるだけに、一介の者に手が出るような代物ではない。これだけでも、よほどの手練れとの想像はつく。

（やはり、こいつは暗殺を生業とする者か……）

イリシャもそうだが、暗殺者は動きを阻害する鎧などを好まない。そして、武器も長物は扱わずにナイフや暗器、無手体術を用いるため、近接戦闘を得手とするのが常だ。ゆえに、反撃を受けやすい手足を守る防具こそ肝要となる。

「ここ、いいかしら？」

周辺の客にさも知り合いというふうを装い、対面の席に腰を下ろす。

髑髏の男が声を発する気配を察して、イリシャは即座に笑顔で制した。

「ごめんね。注目を浴びたくないの。あなたもそうでしょう?」

仮面の男は少し悩む素振りを見せた後、静かに頷いた。

そもそも黄金の髑髏の仮面という時点で人目を引くのは否応なしなのだが、それをいいはじめると話が始まらない。

「お久しぶりね。これから時間はあるかしら?」

イリシャは意図的に声のトーンを落とした。周囲の賑わいもあり、聞き耳スキルでも使ってなければ、隣の席からでも話は聞き取れないだろう。

「はい。お久しぶりですね。ええ、あまり遅くならない分には大丈夫ですよ」

(よぉし、乗ってきたね)

もちろん双方ともに初対面だけに、この会話は字面通りの内容ではない。

『時間があるか』というのは、裏稼業での符丁である。日常会話に模して、『現状、別の依頼を請け負っているか?』の問いに、『あまり遅くならない分には』と前置きした肯定の言葉で返した。その意味するところは、『今はフリーで、短期の仕事なら請け負える』ということになる。

符丁には状況に応じた複数のパターンがあるが、道に長けた裏稼業者同士では、問題なく意思疎通できた。

「相談に乗ってくれないかしら。実家の所有する畑に、余所から来た野生の雄猪が一頭住み着いちゃって、農作物を荒して困っているのよ。それで、生け捕りの依頼をしようと冒険者ギルドにやって来たのだけれど。よかったら、あなたの腕を見込んで、あなたにお願いできないかしら？」

『余所から来た野生の雄猪が一頭』――つまり、ターゲットは組織に属していない余所者の男がひとり。『生け捕り』は、誘拐依頼の隠語だ。これが殺しの依頼なら『退治』。誘拐でも生死を問わないなら、単に『捕縛』だけでいい。

「もちろんお礼はするわよ？　とても凶暴で苦労しそうだから……そうね。朝食二日の夕食五日分で手を打たない？　明々後日とか、時間あるかしら？」

『凶暴』とは、難易度の高さ。『朝食』は前金、『夕食』は成功報酬を示している。この場合は回数がそのまま金額となり、前金として金貨二十枚、成功報酬を金貨五十枚と提示している。

　役所の囚人をさらう高難易度とはいえ、相場としてはかなりの高額だろう。そして、決行は『三日後』ということだ。

「お困りなのですね。お手伝いはやぶさかではないのですが……ただ、ちょっと……」

（ちっ、値を吊り上げてきやがったか）

「だったら奮発して、朝夕一回分ずつ追加でどうかしら？　ね？」

「報酬は別に構わないのですが……う～ん、そうですね。日程はなんとかなるでしょう。ただし、捕らえるのは深夜でも構いませんか？　私、日中はちょっと身動き取れないもので」

（よし、交渉成立な）

「頼んでいる身だから、時間はお任せするわ。あなたも忙しいみたいだから、これでお暇するわね。じゃあ三日後の夜、事前の打ち合わせも兼ねて、またここで会いましょう。楽しみにしているわ」

「ええ、お気遣いありがとうございます。久しぶりにお会いできて、私も楽しかったですよ。では、また今度」

最後まで知人としての自然な会話をこなし、ふたりは何食わぬ顔でそのまま別れた。

「くっ、くく……」

冒険者ギルドを出るまではと、イリシャは必死に笑いを我慢していたが、建物から離れた途端に人気のない路地裏に駆け込んだ。

「くはっ、くかかかっ！　これで、ようやくこの雪辱も果たせるってもんだ！　くく、待ってなよ、あのイ〇ポ野郎！　くはっ、くはは！　ぎゃーぁはっはっは！」

これで用意は整った。あとは、復讐を果たすのみ。

イリシャは星夜の中で愉悦に身悶えながら、昏い感情を夜闇に吐き出し続けていた。

◇◇◇

今日もお馴染みの護送馬車の檻の中で目を覚ましました。清々しい目覚めです。

住めば都という言葉もありますが、こう十日以上も寝泊りしていますと、すでに我が家のような奇妙な安らぎがありますね。

昨日、サランドヒルの役所の牢屋に移動させられた私が、どうしてこの馬車に戻ってきているかといいますと——

こちらの地下牢は多人数の囚人を収容するのではなく、個々の独房になっておりまして。畳二帖を縦に並べたほどの狭いスペースに、出入り口はのぞき窓付きの鋼鉄製の扉だけでした。四方を石壁に囲まれて、鉄格子もないこの状況では、さすがに破壊なしでの脱出は困難そうですね。

レナンくんからも問題を起こさないように口を酸っぱくして言われていたこともありまして、さすがにこのサランドヒルにいる間は、大人しくしていようと思ったわけです。

ただ、私、重大なことを思い出しました。『青狼のたてがみ』のみなさんには手紙で近況を知らせていたのですが、他の知り合いの方々にはなんの便りも出していなかったのです。賞金首として指名手配され、驚いている方がいるかもしれません。

王都のアバントス商会のラミルドさん。港町アダラスタのガルロさん。実家のアルクイン侯爵家に帰っているであろうアンジーくん。ファルティマの都のネネさん。最低限、この方々には知らせておくべきでした。失念していたとは我ながら不義理なものです。大失敗ですね。

各々宛に手紙をしたためて、レナンくんに投函してもらうのは大目に見てもらえるでしょうか。

「すみませ～ん」

どんどんどんっ。

のぞき窓から看守さんを呼びながら扉を叩いてみますが、反応ありません。

近くには誰もいないようですね。どうしましょう。

「すみませ～ん！」

どんどんどんっ！

「うっせえぞ、てめえ！　静かにしてろ！」

「これは失礼しました」

ご近所の囚人さんから怒られてしまいました。

声は地下では反響するようですので、叫ぶのはやめて、やや強めに扉を叩いてみます。

なにせ、この扉は分厚い鋼鉄製ですから、鎖や手枷とは違い、ちょっとやそっとではビクともしないでしょう。

今思いますと、そう安易に考えたのが失敗でしたね。次の瞬間には、ひしゃげて壊れた扉が物凄い勢いで飛んでいき、お向かいの独房にジャストミートです。ひび割れて飛び散る石壁、開いた大穴から唖然とした顔を覗かせるお向かいの囚人さん。

射線上にあった柱が木っ端微塵になったのもまずかった気がします。地響きに近い軋み音が響き、破壊の連鎖が地下を揺るがします。騒然とする囚人さんたちの混乱も相まって、たちまち地下牢は阿鼻叫喚の様相です。

――とまあ、昨晩はそんなことがありまして。

地下牢の大半が使用不能となってしまい、あぶれた私はこうして護送馬車に逆戻りというわけです。

レナンくんには物凄く叱られてしまいました。これにはさすがに言い訳ができません。明らかに私のミスでした。反省しないといけませんね。

その状況で手紙の件まで図々しくレナンくんに頼めるわけもなく、仕方がないので、例のごとく仮面を被って自分で冒険者ギルドまで手紙を預けにいきました。

おかげで、昨夜は珍しい方にお会いしましたよ。なんと以前にマディスカの宿場町で出会ったイリシャさんです。

あのときは、わざわざお礼を申し出てくれたのに、直接理由を告げられずじまいで、申し訳ないことをしたと気に病んでいました。

それにしても、あの仮面をしていて、よく私だとわかったものですね。知り合いには顔を隠していても、普段の何気ない癖や仕草でわかってしまうものなのでしょうか。彼女は酒場勤めでしたから、お客さんを相手に観察眼が養われていたのかもしれませんね。

彼女はこちらの事情も察知してくれたようで、目立たないようにと気遣ってまでくれました。やはり、今時珍しいほどの思いやりのある、いいお嬢さんでした。

三日後――今からでは明後日の夜ですか。まだ出発の予定は聞かされていませんから、そのくらいまではこちらに滞在しているでしょう。せっかく再会した私を頼ってくれたのです。こちらの実家の、お願いされた猪の捕獲を頑張ることにしましょうか。

できれば街に逗留中に謝礼の食事もいただけると万々歳なのですが、あまりに欲張りすぎでしょうか。前回はお礼を食べ損ないましたから、そちらも気掛かりではあったのですよね。

「……ご機嫌ですね。タクミさん」

もたれていた鉄格子越しに、背後からレナンくんに声をかけられました。

役所の中庭のほうから、レナンくんが歩いてきます。どことなくいつもの元気がなく、げんなりしているようですね。

「そういうレナンくんは顔色が悪いですね。もしや具合でも？」

「ええ、誰かさんがいろいろと仕出かしてくれるので、怒りすぎて頭は痛いですね」

手厳しい。

しゅんとしていますと、レナンくんはわずかにぷっと吹き出しました。

「ははっ、冗談ですよ。怒りすぎて頭が痛くなったのは本当ですけど」

あまり冗談になっていない気がします。

「でも、今の頭痛の種は別のことなんです。昨日、ハイゼル所長から〝訳あり〟って言われていた人がいたじゃないですか」

「ああ、あのクラなんとかさんとかいう横柄な態度の方ですね」

「そうです。ここだけの話ですがあの人、実は領主のエチル伯爵の隠し子だそうです。朝から難癖をつけられ絡まれてしまって……所長が仲介しようとはしてくれたんですが、聞く耳を持ってくれなくて」

訳ありとはそういうことですか。

おそらく、お父さんの権威を笠に着ての、やりたい放題ということでしょうか。レナンくんも、嫌な相手に目をつけられてしまったものですね。

「〝ノラードの剣鬼〟の実力が本物か試してやると、どういうわけかここのみなさんの前で、その人相手に実戦形式での剣の訓練をすることに……」

「……なるほど。つまり、また私のせいということですね。申し訳ありません」

即座に頭を下げます。

青い顔をしているのは、どちらにせよ私が原因でしたか。剣鬼の件は軽いジョークのつもりだったのですが、調子に乗りすぎてしまったようですね。

「慣れましたから、今さらいいですよ……タクミさんだし」

それ、切ないです。その若さで〝慣れた〟との諦め顔に、ひじょうに胸が痛むのですが。

「いいんです、いいんです。どうせ僕の剣技なんて、素人剣法ですから。ボロボロに負けて、化けの皮を剥がされて、みなさんの笑い者になるだけですから。いーんです。どうせ僕なんて」

ああ――心が！　心が痛いです！

「……ふふっ。なーんて、冗談です。本当にいいんですよ、タクミさんは気にしないでください。今のはタクミさんが日頃心労ばっかりかけることに対する、ちょっとした仕返しですから。そもそも、護るべきはずのタクミさんに頼ってばかりで、僕に実力がないのがいけないんです。でもね、タクミさん。僕だってノラードにいた頃よりは、強くなっているんですよ。今では僕がどれだけ強くなったか知りたいという気持ちもあるんです。あの人はここサランドヒルの役所でトップクラスの剣の腕前らしいので、勝てはしないでしょうが……自分の培った力がどこまで通じるか、僕なりに試してみるつもりです！」

　おおぅ、なんとご立派な。うう、このわずか十日あまりで、成長しましたね。レナンくん。私は嬉しいですよ。可愛い子には旅をさせよ、旅は人を成長させるといいますが、その通りでしたね。

　もっとも、そんなことを口にすると、またレナンくんに「旅じゃないです！　護送です！」と怒られてしまいそうですが。

「大丈夫です、レナンくん！　私も全身全霊で力添えしますから！」

　こうなれば、私もできる限りの応援をしましょう。

「ええ？　タクミさんが力を貸してくれるんですか？　それはそれで、余計に苦労する気が。なんて、ははっ」

　実にリラックスしたいい笑顔です。いつの間にか血色もよくなり、やる気に満ちているようですね。

「正直言うと、少し弱気になっていたんですが、タクミさんと話していて決意も固まりました。なんだか燃えてきましたよ、僕！」

「その意気です！　私が付いていますから！　……おや、どうしました？」

　意気揚々と握り拳を掲げていたレナンくんが、不意に虚空を見回しながら首を傾げていました。

「……ん？　あれ？　今なにか聞こえませんでした？」

「いいえ、私にはなにも……」

「空耳かな？　あ、そろそろ時間だから、行かないと」

「そうですか、是非とも頑張ってくださいね！」

「あれ？　また……？？？」

小走りで駆け出すレナンくんの後ろ姿を見送ります。

どうやら訓練は中庭でやるようで、すでに役所のメンバーの多くが集まっているみたいですね。ちょうどいいことに、この護送馬車が固定されている場所から距離はあるものの、中庭の様子はよく見えます。ここから、レナンくんの勇姿を見届けることもできそうですね。

『双眼鏡、クリエイトします』

さあ、準備は万端です。正座して双眼鏡を構えます。レナンくんの晴れ舞台、本来はビデオカメラで録画しておきたい気分ですが。

おおっと、始まったようですね。音が聞こえるほど近くはありませんから、臨場感が薄いのが残念です。

中庭で役人さんたちに取り囲まれている中、中央のレナンくんとクラ……クラ？　なんでしたっけ……ん～……チンピラくんのふたりが、互いに剣を手に歩み出ます。

こうして見比べますと、やはりかなりの体格差がありますね。レナンくんが小柄なのもありますが、相手が大柄なため、まるで大人と子供です。

レナンくんが正規の剣の型である正眼に構えているのに対して、チンピラくんは剣を持った腕をだらりと下げ、構えもなにもあったものではありません。見かけ通り、腕力に物をいわせて押しまくっていくパワーファイターなのでしょうか。

ほんのわずかな時間見合ってから――先に仕掛けたのは、チンピラくんのほうでした。

上段から力任せに振り下ろされた剣を、レナンくんは巧みに剣先で絡め取り――すっぽ抜けた剣が上空高く舞い上がり、あっさり勝負がついてしまいました。チンピラくんが空っぽになった手を呆然と見下ろしています。

……レナンくんの勝ちですね。緊迫して見ていたのがなんだったのかと呆れるくらいの秒殺でした。

いやはや、強いじゃないですか、レナンくん。相手はこのサランドヒルの役所でトップクラスなのですよね。見た感じでも、弱くはなさそうですが……

納得できないのか、チンピラくんが地団太を踏んで、文句をつけているのが見て取れます。

あ、再戦みたいですね。

両者、再び向かい合って構えて――今度は数度、打ち合いを繰り返しているようですね。

それでも終始、レナンくんが優勢です。両手でがむしゃらに振り回しているチンピラくんの剣を、レナンくんは軽く片手でいなしています。

突進してきた相手の体当たりを真正面から受け止め、鍔迫り合いになりましたが……レナンくん、大して力を入れてないように見えるのですが、びくともしてません。どういうわけかレナンくん自身も、なにやら不思議そうな顔をしています。

……あ、勝ちましたね。チンピラくんが盛大に尻餅をついて、またなにやら叫んでいるようです。諦めずに再々戦でしょうか。

仕切り直して――ふむ。今度は三秒持ちませんでしたね。チンピラくんは地面を転げ回って泥だらけです。

「いや～。お強いですね、レナンくん。圧倒的じゃないですか」

双眼鏡を覗きながら、思わず声に出してしまいます。

いったいなにがあったのでしょう。昨日までとは見違える動きです。素人の私が言うのもなんなのですが、レナンくんの剣は基本に忠実で教本のお手本のようにきれいなのですが、力強さや技の切れといったものが不足しているように感じていました。しかし、今はなんと力強く雄々しいことか。秘密特訓でもしていたのでしょうか。これなら、剣鬼の名にも恥じないように思えます。

双眼鏡の先の風景では、何度も何度も倒されては挑むチンピラくんの姿があります。転がされすぎて、制服はもう泥汚れで真っ黒です。半泣きになっているのが哀れですね。

レナンくんも困り顔です。お互いのためにも、もう諦めてくれるといいのですが……

決着はこれ以上ないくらいのかたちでついたようです。いわずもがな、レナンくんの圧勝です。どうやら当初の心配は杞憂に終わったようですね。ぱちぱちぱちぱち。

「面白いものでも見えるのかしら？」

突然、声をかけられたので双眼鏡を外しますと、いつの間にやら視界の端に女性の姿がありました。

差した日傘が邪魔をして、こちらからでは足元のスカートくらいしか確認できませんが、この声はイリシャさんですね。

イリシャさんとは、昨晩冒険者ギルドで会ったばかりですが、お早い再会でしたね。次に会うのは三日後と言われていましたが、わざわざこの役所まで足を運ばれたとなりますと、例の猪被害がよほど深刻なのでしょうか。

「……覚えてる？」

傘の向こう側から問いかけられます。

やはり、昨日の約束のことでしたか。もしかして、昨晩は場所が酒場だっただけに、私が酒でも飲んで酔っ払っており、約束を忘れてはいないかと心配されてのことでしょうか。

「ええ。もちろんですよ、イリシャさん。あの後は、いかがでした？　来客が大勢で苦労しませんでしたか？」

「…………！」

こちらの冒険者ギルドは、酒場とともに盛況みたいですからね。昨晩も店内が人で溢れ返っていて、イリシャさんが退店するときも他のお客さんとぶつかりそうになったりと大変そうでしたしね。

「……そうね。少々、苦労させられたけれど、ね」

イリシャさんの声のトーンが下がりました。

やっぱりでしたか。出口まで私がエスコートすべきだったかもしれませんね。気が利かずに申し訳ありません。

「それにしても驚きましたよ。あのとき……私の存在によく気づいたものですね。カムフラージュしていたつもりだったのですが」

「そう。お褒めの言葉、ありがとう。職業柄、そういったことは得意なの」

やはり、酒場勤めで磨いた特技だったのですね。お見それしました。

「……わたしのことには、すぐ気づいた？」

「ええ、一目見て気づきましたよ」

思いがけない場所での突然の再会でしたが、イリシャさんのようなお嬢さんを忘れるほど、まだ耄碌はしていません。まあ、日本では一歩手前だったのかもしれませんが。

「見ている人は見ているもの。あんな変装では見破られて当然でした。精進が足りませんね。ははっ」

私としましては、スカルマスクで完璧に変装していたつもりだったのですが、あっさり見破られてしまいお恥ずかしい限りです。仮面で覆っていなければ、きっと羞恥で赤くなった顔を晒していたでしょう。こんな情けないこと、口には出せませんけれどね。

「それで、ここにこうしている目的はなに？　こんな有様でどうするつもり？」

目的と言われましても、今の私は指名手配の囚人の身で――ああ、そうでした！　こんな有様では、たしかに明後日の約束が果たせるなどとは思えませんよね。迂闊でした。

「ご心配なく。これはすぐに出られますから」

「……これからどうするつもり？」

猪捕獲のプランでしょうか。イリシャさんは、意外にせっかちさんですね。いえ、それほど獣被害が逼迫しているということかもしれません。

「大まかな計画は進行中ですよ。罠で釣って誘き出したところを生け捕りです。逃したりはしません」

実のところ、捕獲計画はまだ漠然としたイメージしか練っていないのですが、イリシャさんを安心させるためにも、多少の見栄は許してもらいましょう。

「……自信満々のようね」

「ええ、それはもう！」

任せておいてください。猪の一匹や二匹、大したことありませんから。

「そう。ならわたしも全力でやらせてもらうわ。全身全霊をもって、今度こそ――討ってみせる」

――って、イリシャさんも狩りに参加されるつもりなのですか⁉　それはいけません、危ないですよ。手助けしたいという、お気持ちはありがたいのですが。

「やめておいたほうがいいですよ。あなたでは危険です。身の安全は保障できません」

「…………！」

イリシャさんが絶句した気配が伝わってきます。

せっかく勇気を振り絞って申し出てくれた女性に対して、きつい言い方かもしれなかったですね。

……気分を害されてしまったのでしょうか。しばし、無言の空気が流れます。

今度こそというからには、すでに何度か捕獲にチャレンジして手痛く失敗しているのでしょう。猪にリベンジしたいという意気込みはわかりますが、そこは諦めてもらわないといけません。うら若き女性が怪我でもしたら、取り返しがつかなくなりますからね。

どういう言葉を投げかけるといいものかと悩んでいますと――

「タクミさ〜ん！」

レナンくんがこちらに走ってやってきていました。

そういえば、イリシャさんとの話に夢中になり、途中からすっかりレナンくんのことが疎かになっていましたね。

「無事に勝てたみたいですね、レナンくん。素晴らしい活躍ぶりでしたよ」

「そうですか？　へへっ」

レナンくんも嬉しそうです。

「そうそう。お互いに紹介しておきましょう。こちらが――おや？」

いつの間にか、イリシャさんが姿を消していました。つい先ほどまでいたはずなのですが、おかしいですね。

「誰かいたんですか？　……もしかして、部外者じゃないですよね？　ちなみに、部外者と勝手に言葉を交わしたりするのは厳禁ですからね。最初に説明したの、覚えてますよね？」

たちまち、レナンくんが半眼になります。

もちろん覚えていませんでした、とは言えません。教わりましたっけ、そんなこと。おかしいですね。ふむう……

もしやイリシャさんが急に姿を消されたのも、私が罰を受けるかもしれないことを見越しての気遣いだったのでしょうか。さすがですね、イリシャさん。相変わらず、気配り上手のよいお嬢さんですね。

「いやいや、とんでもない。ほら、この通り誰もいませんよ。なんでもありませんから、忘れてください」

せっかくのレナンくんの祝勝気分に水を差すこともありませんね。ここは素直にお祝いしましょう。

「そんなことよりも、先ほどは素晴らしい戦いぶりでしたよ。またずいぶんと腕を上げたのではないですか？　これで名実ともにノラードの剣鬼の誕生ですね！　ふひゅ～、ふひゅ～」

「茶化さないでくださいよ～。あと、口笛吹けないのなら、無理しなくても」

大事なのは気持ちです。はい。

「実は僕も驚いているんですよね。今日はなんだかすごく身体が軽いというか……いつも頭で思い描いてた理想の動きが実践できた、って感じ……かな？」

「それって、レベルが上がったのではないですか？　レベルが上がると身体能力も向上しますよね？」

――この異世界では。

私もレベルが1上がった経験はありますが、体感は得られませんでしたので、いまいち感覚がわかりませんけれど。

「言われてみると、そうかもしれないです！　なんだか一気にレベルアップでもしちゃったみたいな、変な感じなんですよね～。昨日の夜にステータスを見たときには変わり映えしなかったんですけど……一応、念のため――ステータスオープン」

レナンくんはステータスを確認しているようで、指先と視線が一緒になり、空中を上から下に滑っていっています。

「……やっぱり変わらないかぁ……あれ？　なにこれ？」

とある一点で指が止まり、レナンくんは首を捻っています。

「どうしました？」

「これです、これ。見てくださいよ、タクミさん」

「見えませんが」

「あっ、そうでしたね。僕の肩に掴まってください。これで見えますか？」

レベル13
HP　410
MP　15
ATK　61
DEF　54

INT　32
AGL　72
職業　見習い役人

「…………う～ん。もう少し頑張りましょう？」

「そこは放っておいてください！　僕が貧弱パラメータなのは自覚してますから！　そうじゃなくって、見てほしいのは下のスキル欄ですよ」

「〈剣技〉〈護身術〉〈調査〉〈料理〉……他にもいろいろありますね」

二十個以上はありそうですね、素晴らしい。私なんて、二個しか記載されていませんよ。

「そこでもなくって、もっと下ですよ！　一番下！」

「一番下といいますと……〈祝福〉と〈加護〉、ですか？　が、四個ずつ」

四個？　おんなじスキルが四個ずつ。ずらっと並んでいますね。

「こんなことって、よくあるんですか？」

「ないですね。僕だって初めて見ましたよ！　そもそも〈祝福〉と〈加護〉スキルって、高位神職系の固有スキルのはずなんですよね。昨日までなかったのに、なんでだろ……？

心当たりがないんですよね」

——神職系。心当たりがないようなあるような。

それって、もしかしなくても私に関わりありますか？　〝頑張ってください〟が〈祝福〉で、〝私が付いてます〟が〈加護〉だったり。いえいえ、まさかでしょう。

「スキルの内容を確認してみますね。〈調査〉、スキル〈祝福〉と〈加護〉！」

「なんですか、その調査とは？」

「タクミさん、知らないですか？　鑑定スキルですよ。〈調査〉は、鑑定系スキルの初級スキルです。対象に触ってスキル名をいうか、スキル名をいった後に対象を指定することで発動するんです」

「……ふむ、鑑定？　といいますと、骨董品のですか？」

「なんで骨董品限定なんですか？　ま、骨董品もできますけど。役所の業務の一環として物探しとかも多いので、役人見習いでも〈調査〉スキル取得は必須なんですよ。今はそれはいいですから、集中していてください」

『祝福。スキルの一種。神より授かる奇跡。発動時に各身体能力が50加算される』

『加護。スキルの一種。神より授かる奇跡。発動時に各身体能力が二十パーセント増加する』

……なにやら頭の中に、〈万物創生〉を使ったときのような声が響きましたね。

「今のって、〈調査〉スキルの効果ですか？」

「そうですよ。こうして知りたいことを教えてくれるんです。鑑定系スキルも高位になると、もっといろんなことがわかるみたいですけど」

はぁ～、便利なものですね。

「それよりも、なにかとんでもないスキルを手に入れてしまったようなんですが……」

「……そうみたいですね」

神より授かる奇跡、ですか。

はい。間違いなく私の仕業だったみたいですね。しかも、四個ずつとか。どれだけたくさん授けているのでしょう。

〝加護〟ならぬ〝過保護〟、〝祝福〟ならぬ〝重複〟とか。ふふっ。

……ダジャレで現実逃避しても仕方ありませんね。

『そろばん、クリエイトします』

え～、願いましては……50の四倍、２００を足して、それを四回、一・二倍しますから……パチパチパチッ、と。

「ふむ、こんな感じでしょうか」

ビフォー

レベル13
HP　410
MP　15
ATK　61
DEF　54
INT　32
AGL　72
職業　見習い役人

アフター（発動時）

レベル13
HP　1265
MP　446
ATK　541
DEF　527
INT　481

AGL　564
職業　見習い役人

以前に聞いた戦闘専門家の兵士さんの平均値が、たしか１００以下とか言われていましたね……

「ま、よしとしましょうか」

時を遡ること三十分前――Sランク冒険者にして暗殺者『影』ことイリシャは、サランドヒルの役所に忍び込んでいた。

完治はしていないが、超一流の潜入技能をもってすれば、人目に付かずに潜り込むなど造作もなく、その姿は護送馬車のすぐそばの物陰にあった。

クランクの陽動のおかげで、ターゲットのいる護送馬車の近くに役人の影はない。ターゲットは背後のイリシャの存在に気づいていないようで、無防備な背中を晒している。

イリシャは、試しに毒の含み針をその背に向けて放ってみたが、針は肌に触れる直前で、透明な壁に弾かれてしまった。

（ちっ。まだ無効化スキルが生きてるか）

ターゲットの持つ古代遺物（アーティファクト）は健在（けんざい）ということだ。そしてそれは、同時にもうひとつの確信を得ることにもなる。

仮に、本当にターゲットが重罪人として捕まっているならば、古代遺物（アーティファクト）など没収（ぼっしゅう）されて然（しか）るべきである。それが生きているということは、この逮捕劇自体が別の意図を持つ茶番と推察できた。

「面白いものでも見えるのかしら？」

イリシャは、何食わぬ調子で声をかけた。胸中には燃えるような憎悪（ぞうお）の炎が駆け巡っていたが、鉄の意志で抑え込む。

ただし、その顔を直視するほどの余力はなかった。日傘を差し、理性の壁とする。視界に入れてしまうと、我を忘れてどうなってしまうのか、彼女自身にも予測がつかないほどだった。

「……覚えてる？」

ターゲットと再会するのは、半月ぶりほどになる。イリシャとしては、ただの一日たりとも忘れたことがない顔だったが、相手がそうとは限らない。なにせターゲットにしてみれば、難（なん）なく罠（わな）に嵌（は）めて排除（はいじょ）した相手だ。イリシャも過去同じような状況は何度もあり、そのときの相手などわざわざ記憶に留めていない。

自分がそんな有象無象と同じ扱い——その事実を思うだけでも、イリシャは身を掻き毟って絶叫したくなる。

「ええ。もちろんですよ、イリシャさん。あの後は、いかがでした？　来客が大勢で苦労しませんでしたか？」

「…………！」

一瞬、イリシャの正気が弾けかけた。思わず飛びかかりたくなるほどの衝動を、唇を噛んでどうにか鎮める。

三十人にも及ぶ刺客をけしかけておいて、まるで今日の天気でも問うかのような気軽な物言い。皮肉交じりに挑発されているのは容易に想像がつくが、どうしても感情が先に出てしまいそうになる。

簡単に掌の上で転がされ、待ち伏せしようとしての返り討ち。あげく、瀕死のところを身体目的の下種男に救われる始末。暗殺者としての経歴も、冒険者トップランカーとしての名声も、プライドごと圧し折られたのだ。これに勝る屈辱などありはしない。

「……そうね。少々、苦労させられたけれど、ね」

全理性を振り絞って冷静を装い、どうにか切り返す。

「それにしても驚きましたよ。あのとき……私の存在によく気づいたものですね。カムフラージュしていたつもりだったのですが」

やはり、マディスカの宿場町で見せていた、隙だらけの素人っぷりは演技だったのだ。

イリシャとて、〈超域探索〉スキルを有していなければ、思惑通りに見過ごしていたかもしれない。

「そう。お褒めの言葉、ありがとう。職業柄、そういったことは得意なの」

仮初にしろ礼を述べるのは苦痛でしかないが、余裕がないことを悟られるのに比べるとまだマシだった。

「……わたしのことには、すぐ気づいた？」

「ええ、一目見て気づきましたよ」

（……やっぱ最初っから追っ手だと見抜かれていたってことか……！）

そうとは露ほども思わず、罠に嵌めたと勝ち誇っていた当時の自分にまで腹が立つ。

「見ている人は見ているもの。あんな変装では見破られて当然でした。精進が足りませんね。ははっ」

イリシャは『影』として、潜入技能の第一人者として、自分の技能には絶対の自信を持っていた。それが、変装も演技も即座に見破られ、こうして鼻で笑われている。

（くっ、くくく……）

自分の道化ぶりに、いっそ笑いが込み上げてくる。

小馬鹿にされたことで、イリシャは逆に冷静さを取り戻した。そのための復讐だ。受けた屈辱は、来たるべき機会に万倍にして返せばいい。今は見下せるだけ見下すといい。そのほうが今後の楽しみも増すというものだ。

それより、今は目的を忘れてはならない──イリシャは自戒する。策に溺れ、手痛い反撃を食らったのは事実だ。もはや覆しようもない。これまでの療養生活で身に染みている。

わざわざこうして搦め手を使ってまでターゲットに接触した目的は、調査のためだ。

今回、ターゲットとこうしてサランドヒルの街で出くわしたのは偶然だろう。イリシャには会う理由があるが、相手には理由がないからだ。ならば、復讐を果たす前に、その真意に探りを入れておく必要がある。内容次第では、とんだ邪魔が入らないとも限らない。

この不意の接触にも驚いた様子がないところを見ると、誰かが接触してくる予見はしていたのかもしれない。それが、たまたま顔見知りの自分であったというだけで。

もともと隠すつもりがないか、過去に降した者など警戒するに値しないと侮られているのか。どちらにせよ確固たる自信の表れだろうが、こちらとしてはそれをありがたく利用させてもらうだけだ。

「それで、ここにこうしている目的はなに？　こんな有様でどうするつもり？」

「ご心配なく。これはすぐに出られますから」

自らの口でこれが茶番劇だと暴露するとは、さすがのイリシャも面食らった。

護送囚人が任意に檻から出られるなどとは、役所単位での共謀に他ならない。警戒厳重な地下牢に収容されていないのもそのためか。ここまで簡単に白状されると、騙されているのかと逆に疑わしく思えてくる。

嘘を吐いているようには見えない。しかし、以前もそれで痛い目を見ているため、油断はできない。

「……これからどうするつもり？」

ここに至り、イリシャは正攻法で問うてみた。

「大まかな計画は進行中ですよ。罠で釣って誘き出したところを生け捕りです。逃したりはしません」

微塵の揺るぎもない即答。

（ああ、そういうことか。なるほどね。それで理解できた――）

イリシャは悟った。一介の暗殺者に対し、こうまで開けっ広げに内情を話す理由――それは。

奇しくも先日の伯爵邸で、執事のシレストンが告げたことが正解だったわけだ。ターゲットを含む相手の狙いは伯爵家。これを機に、なにかと醜聞の多いエチル伯爵家を陥れて潰すことが目的なのだろう。

連中の飼い主は別の大貴族か、あるいは王家ということもある。国家反逆罪などとでっち上げることができるあたり、後者の可能性が高いか。

（つまりは、〝イリシャという情婦〟も、伯爵側の仲間の一員と目されているってことか）

今回の作戦行動に際し、伯爵家に対する事前調査なども、当然行なわれていただろう。その上で素性の知れぬ情婦など、真実はさておき、なにかの駒と思われても仕方がない。ただでさえターゲットには、暗殺者としての面が割れている。それなら、『伯爵が新たに雇い入れた〝日陰者〟』という扱いも道理だろう。

この問答の真意とは、探りを入れにきた雇われ暗殺者をメッセンジャー代わりとした、伯爵に対する最後通達だったのだ。

「……自信満々のようね」

「ええ、それはもう！」

ここまで言い切るからには、おそらく計画は大詰めなのだ。すでに伯爵を排する包囲網は完成しており、今さら概要を漏らしても、影響が出ないほどに。

イリシャにしてみれば、完全に巻き込まれた形だが、この状況を利用しない手はない。

「そう。ならわたしも全力でやらせてもらうわ。全身全霊をもって、今度こそ――討ってみせる」

「やめておいたほうがいいですよ。あなたでは危険です。身の安全は保障できません」

「…………！」

せいぜい、そうやって侮るがいい――イリシャは昏い笑みを浮かべる。

一度目はたしかに油断して完敗を喫した。しかし、続けて負けてやるほど、『影』は甘くも寛容でもない。伯爵家などどうでもいいが、こうしてせっかく得た復讐の機会。神のお導きに感謝して、念願を果たさせてもらおう。

（あんただけは、この手で殺してやるからな。明後日だ。明後日を楽しみにしておきなよ）

イリシャは一度だけターゲットの顔を目に焼きつけて、その場から音もなく姿を消した。

（さて、どうしたのものか……）

屋敷の大広間の片隅で、エチル伯爵家の筆頭執事であるシレストンは悩んでいた。

主人であるクロッサンド・エチル伯爵が拾った、最近熱を上げている情婦のイリシャ――

表面上のふるまいは、どこにでもいる娼婦と変わりはない。しかしながら、シレストンの執事としての直感は、女に対して常に警戒信号を発していた。これまでも、なにかにつけて注視していたシレストンではあったが、女は自然体でありながらも警戒心が強く、いっさい尻尾を掴ませることがなかった。

そんな女が初めて隙を見せたのは、つい一昨日、クロッサンドと会話をしていたときのことだ。サランドヒルの役所に護送されてきたという囚人――名を〝タクミ〟といったか。その人物の情報を得てからというもの、女の態度が明らかに豹変した。

疑念を覚えたシレストンは、主にも内緒で密かにその動向を探ることにした。

女が動いたのは予想外に早かった。それまでは怪我を理由に、日の大半を屋敷に引き篭もっていた女が、連日のように出歩くとなると、嫌でも目につく。

シレストンの目からも、これまで隠伏していた用心深さがまるで嘘のような、お粗末な行動に見えた。女は焦っている。いや、目的以外のものが視界に入っていないとでもいうべきか。

翌日の夜には、クロッサンドの庶子であるクランクと密会している。以前より、クランクを通じて外の情報を引き出しているのはシレストンも承知しており、それ自体は取るに足らないことなので見逃していた。だが、女のほうからクランクに頼み事をするのは初めてのことだった。

そして、女が次に向かったのは、街の冒険者ギルドである。貴族に囲われた情婦とは縁遠く、まず気軽に足を運ぶような場所でもないだけに、怪しいことこの上ない。

シレストンは、少々危険ではあったが、執事の嗜みのひとつである〈気配遮断〉スキルを用い、ギルドの中まで女を追った。

そこで行なわれていたことは、一見して堅気とは思えない髑髏仮面の男との怪しげな密談である。

裏社会にも精通している一流執事のシレストンなれば、裏の符丁を読み取るなど容易いことだ。〈盗聴〉スキルと読唇術を駆使して手に入れた情報は、例の囚人の誘拐依頼であるらしいと、すぐに予想がついた。

さらにその翌日である今日の午後には、大胆にも役所にまで侵入し、例の囚人と実際に会っている。いかに〈気配遮断〉とはいえ、人混みに紛れた冒険者ギルドのときとは違い、人がまばらな役所内では距離を取らざるをえない。離れた物陰から盗み聞いた程度では、会話の詳しい内容までは把握できなかったが、口調からふたりが顔見知りであることは充分に理解できた。

やはり、イリシャという女は、ただの情婦などではなかった。言動からも裏の人間――しかも、あの身のこなしからして只者ではない。あれで全身をまだ癒えぬ重傷に苛まれているなど、信じられないほどだ。

例の囚人は、マディスカの宿場町で大量虐殺事件を起こした賞金首。そして、女を拾ったのも、マディスカからほど近い場所だった。これらの情報から導き出される答えは明白である。

（囚人と女は裏の仕事仲間――もしくは恋人同士か）

女の我を忘れたような執着ぶりから、おそらくは後者に違いない。

察するに、マディスカでなんらかのトラブルが起こったのだろう。重傷を負った女を逃がし、男は敵を迎え撃った。そんなところか。

傷を癒すために女がクロッサンドを利用して潜伏していたところにもたらされたのは、男の情報。いても立ってもいられずに、奪還の行動を起こした、といったところか。

(さて、どうしたものか……)

そこで、冒頭に戻るのである。

シレストンにとっては、女がなにを計画しようと、そんなことはどうでもいい。問題はそのような事件が起きようとも、クロッサンドの失脚には繋がらないということだ。シレストンの最大の関心事は、その事件をどうにか上手いこと利用できる手はないか、それに尽きる。

今のままでは、単に伯爵の囲っていた情婦が囚人を脱獄させて逃げ出した――世間の噂話の笑いの種くらいにはなるかもしれないが、爵位剥奪の責任問題までには発展しないだろう。

(今さら醜聞に塗れた汚豚の汚れがひとつ増えたくらいではな……決定打に欠けるか……ふうむ)

「あの……シレストン様。よろしいでしょうか……?」

直立不動のまま思案に耽るシレストンのもとに、小間使いの少年がとある一通の手紙を携えてきた。

「どうかしましたか？」

仕える主人に対して不届きな考えを抱いていたなどおくびにも出さず、シレストンは少年に微笑みかける。

執事は使用人の憧れ、その筆頭ともなると家令の任も帯びる。相応の地位があり、折り目正しく容姿端麗、理知的で凛としていながらも、たかだか小間使いに対する気遣いすら怠らない。由緒正しき家柄も持つシレストンの完全無欠な執事然とした立ち居振る舞いに、少年は畏怖したような憧憬の眼差しを投げかけている。

「侯爵家より速達が届きました」

シレストンは訝しげに銀縁眼鏡のブリッジを押し上げる。

手紙の封蝋はたしかに侯爵家のものに間違いない。

「ご苦労様でした。わたくしが預かりましょう。あなたは仕事に戻ってください」

「かしこまりました。ではこれを」

緊張気味に少年は手紙を手渡し、そそくさと戻っていった。

（ふん……）

シレストンは興味なさげに手紙をつまんで裏表を眺める。侯爵家には多額の借金がある。

どうせいつもの借金返済の督促状だろう。

主人宛の手紙を、家人が勝手に開けることは許されない。それゆえ憂鬱なのは、これを届けるために普段よりも一回多く、豚と顔を合わせないといけないことだ。

（いや、待てよ……）

嫌々ながらも、〝豚舎〟に向かおうとしたシレストンの足が止まった。

少なくとも、今月分の利息の返済は完了している。それに、これは〝速達〟だ。侯爵領とこの伯爵領は隣接しており、手紙は一日もあれば着く。通常ならば、督促状程度でわざわざ早馬を走らせる理由はないはず。

執事の勘が、これは自分に利するものだと告げていた。

「……そういえば、先の手紙を届けた折、〝侯爵からの手紙などもう見たくもない〟と仰っておられましたね。主人の意に反したとあっては、執事としての忠義にも反します。さりとて、侯爵家からの手紙をないがしろにもできません……ならば、これはわたくしのほうで適切に対処しておくべきでしょう」

都合よく解釈した上で自己完結する。

周囲には誰もいなかったが、シレストンは免罪符とばかりにわざと声に出して呟いた。

その場で手早く手紙の封を切り、ざっと内容に目を通す。幸いなことに、中の手紙は一枚きりで文章も少ない。ざっと目を通してすぐに折り畳み、燕尾服の内ポケットにしまい込んだ。

「くっくく……おっと、わたくしとしたことが」

思わず漏れかけた笑いを押し殺す。一流の執事たる者、無闇にはしたなく笑い声を立てるものではない。

(運が向いてきた……しかし、あまり猶予はないな。取り急ぎ準備をせねば)

まずは侯爵家の手紙の返事からか──シレストンは早馬を用意させるため、小間使いを呼び戻すのだった。

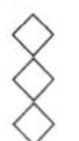

その夜、シレストンの姿は冒険者ギルドにあった。しかし普段の執事姿ではなく、黒い外套に白銀の蝶マスクといった奇妙な出で立ちだったが。

いくら冒険者には個性溢れる身なりの者が多いとはいえ、彼らの中にあってさえその姿は悪目立ちすぎた。社交場の煌びやかな仮面舞踏会であったなら場に溶け込んでいたかもしれないが、残念ながらそこは社交場ではなかった。酒場も兼業しているため混み合う店内で、シレストンの周囲だけがぽっかりと人口空白地帯と化している。

それでも本人としては、完璧な変装だと確信しているせいで、まったく気にした様子もなく、優雅に外套の裾を翻しながら、店内に視線を配っていた。

（よし、いた……やはりツキはこちらにあるようだ）

蝶マスクの下で微笑みながら、いつもの癖で眼鏡のブリッジを押し上げようとして――シレストンが代わりに押し上げたマスクがずれ、あわや取り落としそうになる。

周りからのひそひそ声は捨て置き、シレストンは平静を装って店内の一角――隅のテーブルに陣取っている黄金の髑髏の仮面を被った男に近づいた。

髑髏仮面の男の周囲もまた、他の人々との緩衝地帯ができ上がっている。接近したことでお互いの領域が合わさり、ふたりを囲う人の壁が自然と構築されてしまった。

金と銀の邂逅――周囲の輪からそんな囁きが聞こえ、ちらちらと興味深い視線が向けられていたが、当の本人たちは気がついてすらいない。

「ここ、よろしいでしょうか？」

シレストンは髑髏男からの返答も待たずに、テーブルの対面の席に腰かけた。

じいっと無機質な髑髏の視線――らしきもの――が向けられているが、シレストンは意に介さない。

（怪しんでいる……か？　プロの裏の人間とあれば当然か）

シレストンは無言で革製の袋と一枚の手紙を差し出した。

「……これは？」

髑髏面の奥から、くぐもった声が聞こえてくる。

「昨晩、こちらで女性とお会いしたでしょう？　わたくしは彼女からの遣いです。これを貴方に届けるようにとのことでした。猪狩りの件とお聞きしています」

猪狩り、という裏の符丁を耳にして、髑髏男の気配が変わったのが感じられた。

「そうでしたか。これはわざわざどうも」

革袋の中身には、イリシャが提示していた前金の金貨二十枚が入っている。依頼内容や報酬は当人同士しか知り得ない情報のため、女の遣いという嘘に信憑性を持たせることができる。

「……事前の打ち合わせは、当日の明後日の夜ではなかったですか？」

「そのはずでしたが、彼女の都合がつかなくなりまして、その連絡も兼ねて、急遽こうしてわたくしが参った次第です。今夜もこちらに貴方がいてくださって助かりました」

今晩いなければ明晩、それでも会えなければ計画の変更が必要だっただけに、シレストンはこれは素直に神に感謝した。

髑髏男の視線が下を向き、手紙の内容へと注がれている。

「これは、どういう意味です……？」

「さて？　わたくしはこちらを届けるように頼まれただけですので、内容については存じておりません。見せればわかる、そう仰ってましたが」

もちろん内容は知っている。なにせ、手紙を書いたのはシレストン自身なのだ。

とぼけたのは、完璧な変装ではあるが仮に正体を看破されてしまったとき、もしくは髑髏男が依頼に失敗して捕縛されて口を割ったときに、中身までは知らなかったとシラを切るための予防線である。その際は、本来の依頼主であるイリシャにすべてなすりつけるつもりだった。

手紙の中身は、『役所の護送囚人タクミ』『明後日の宵の刻』『エチル伯爵邸』の三行だけが綴られている。それぞれ、誘拐のターゲット、決行する日時、依頼完遂後の受け渡し場所、の意味合いである。

「わかりました」

髑髏男も裏に通じる人間だけに、即座に意図を読み取ったようだ。

(作戦の第一段階は完了だな)

「では、お願いいたします」

シレストンは席を立って外套を翻すと、一度、冒険者ギルドの受付カウンターに立ち寄ってから、店内を後にした。

(さあ、第二段階。報告では、ここらでくだを巻いているということだったが……)

シレストンが冒険者ギルドを出た足で次に向かったのは、サランドヒルの歓楽街である。

すでに蝶マスクは外している。ここでは正体を隠す必要がなく、エチル伯爵家の使用人として行動して問題ない。

行きつけと聞いている酒場の脇の路地で、目的のものはすぐに発見することができた。べろんべろんに酔っ払い、乱れた制服姿のまま路地の片隅で酒瓶を抱いて寝転がっているのは――伯爵の庶子のクランクである。

(……あの豚の血筋だけに、地面に転がっている姿がまあよくお似合いなことで)

制服がところどころ破けた上に泥だらけなのは、こうして地面に寝そべっているのだけが理由ではないのは知っていた。顔や手足の素肌が剥き出しになった部分が、真新しい擦り傷や打ち身で青く腫れ上がっているのが窺える。

「クランク様、クランク様。起きてください。このような場所ではお風邪を召しますよ」

シレストンがクランクの上体を路地の壁にもたれさせて揺さぶると、その目が眠そうに半分だけ開いた。

「あ……?　なんだ、親父んとこの執事かよ……」

クランクはまだ意識朦朧としているようで、辛そうに額を押さえてぐったりとしている。

「お聞きしましたよ。今日は訓練で手ひどい目に遭ったそうで」

その言葉に、半覚醒だったはずのクランクの双眸がかっと開き、手にしていた酒瓶を地面に打ちつけて粉々にしていた。

「――違う！　ちっくしょう！　あのガキが調子に乗りやがって！　この俺様を、あんな――あんな――くそう！　あんなはずなかったんだ！　たまたま不覚を取っただけじゃねえか‼　なのに役所の奴ら、昨日までビビってへこへこしてたくせに、掌返してこの俺様を見下しやがって！　しかも所長の野郎、偉そうに勝ち誇りやがって説教だと⁉　なにが『正しき者に力が宿る』だ！　なにが『見習って礼節を重んじろ』だ！　ふざけてんじゃねえぞ、この野郎！　なぜ、この俺様がこんな屈辱を受けんとならんのだ⁉」

（おーおー。手負いの負け犬でも吠えるのだけは立派なこと。怖い怖い）

クランクは割れた酒瓶片手に、血走った目で地面の一点を睨みつけている。

訓練と称して己が力を誇示するはずが、逆に手酷い返り討ちに遭って、自棄酒を呷っているという報告に間違いはなかったようだ。

（そもそも、普段から親の権威を笠に着て、好き放題しているしっぺ返しだと思い至らないのが不思議でならんな。厚顔無恥の無知蒙昧、浅慮具合も親の遺伝か、なんと愚かしい。血族揃って煩わしい）

嘲る胸中は欠片も見せず、シレストンは同情するようにしゃがみ込み、クランクに視線を合わせた。

「勝負は時の運といいます。今日はたまたま運が悪かったのでしょう。また次の勝負で見返すとよいではありませんか」

「――次？」

クランクの肩がびくんっと震える。

酒の勢いに任せて荒れ狂っていた威勢が、急速に縮んでいくのを、シレストンは感じていた。

（なんだ、つまらん。もう心まで折れた負け犬か。よほど力の差を見せつけられたようだ。達者なのは陰口だけか。こうして怯えているのは、豚を見ているようで気分がいいが……それではいささか都合が悪いのだよ）

シレストンはクランクの顎を掴んで上向かせ、その瞳を真っ向から覗き込んだ。

「スキル〈暗示〉――」

驚愕に見開かれた目が、不意にとろんと濁る。

アルコールだけではない酩酊具合に、シレストンはにやりと笑みを浮かべた。

「貴方は庶子とはいえ、尊き貴族のエチル伯爵家の血を引く選ばれしお方。貴族を貶めるは重罪。罪には罰が必要です。そう思いませんか？」

クランクは糸の切れた人形のように、何度も上下に首を振っている。

「さて……」

シレストンが視線を外して立ち上がると、クランクは我に返って不思議な面持ちで周囲を見回していた。

「これは、わたくしが独自のルートで知り得た情報なのですが、クランク様にはお伝えしておきましょう。現在、サランドヒルの役所に収容されている、護送囚人の脱走計画が行われようとしています。時刻は明後日の晩。外部からの手引きによるものです」

「っ！　なんだと、本当かよ……？」

「たしかな筋からの情報です。もし仮に囚人の脱走を許してしまったとすると、護送担当の役人は責任問題を免れないでしょう。それに、おめおめ取り逃がしたサランドヒルの役所にも、罰を科せられるでしょうね。責任者の所長を筆頭として、降格あるいは左遷などもあるかもしれません。そうならないように役所の皆さまにもお伝えしていただき、クランク様にはくれぐれもご用心願いたいのです」

「…………！　そうか。情報、感謝するぞ！　そうだな、そのような蛮行は防がんといかん！　くっふっふ」

堪え切れずにほくそ笑むクランクを、シレストンは冷酷に見下ろしていた。

（なんともわかりやすい馬鹿だな。ここまで単純だと、逆に可愛げもある。馬鹿は馬鹿なりにせいぜい役に立ってくれ）

これでクランクは逆恨みによる報復のため、囚人が逃げやすいように、ない頭を絞ってくれることだろう。内部からの手助けがあったほうが、計画の成功率が飛躍的に上がることは間違いない。

最終目的のためには、明後日の脱走計画の完遂が必須なのだ。髑髏男がどれほどの腕を持つか未知数だが、必ず成功してもらわないと今後の計画にも支障を来たしてしまう。

（対外工作はこんなものか。後は豚をいいくるめれば用意は整う。あの小心豚のビビりようだ、そちらはまず問題なかろう。これで長年の悲願も成就する……！）

代々、栄えある執事としての誇りと血を脈々と受け継いできたシレストンの一族。物心つく前からその英才教育を施されてきたシレストンもまた生粋の執事である。偉大なる主に仕えるのは執事の本懐。身命を捧げるに値しない主人に跪くなど、屈辱以上の苦痛に他ならない。

（首尾よく事が終われば、ようやくこの忌まわしき戒めから解放される。素晴らしきかな！　この身がお仕えするに相応しき、まだ見ぬ明日の我が主人よ、今しばらくお待ちください！　ああ、そのときが待ち遠しい……）

望まぬ主人であるならば、いっそすげ替えてしまえばよい。シレストンがそんな結論に至るのも、ある意味当然の成り行きかもしれなかった。

真なる主を求めて、シレストンは明後日の計画の決行を心待ちにするのだった。

「さて、どうしたものでしょうね、これ」

護送馬車の牢の中、私は床であぐらを組んで悩んでいました。

目の前に置かれているのは、一枚の手紙と小振りな革袋です。冒険者ギルドでこれを手渡されたのは、一昨日の夜のことでした。

なにやらやたらと目立つ、蝶を模した銀色のマスクをした御仁でした。あれは仮装というものでしょうか。あまりに奇天烈な出で立ちに、私も思わず二度見をしてしまったほどです。あのような珍妙な風体で人前に出て、恥ずかしくないのでしょうかね。

それはさておき、手紙の内容はすぐに理解できました。宛先である私のこと、日時の確認、あとは当日の集合場所が簡潔に書いてありました。

レナンくんに訊ねたところによりますと、エチル伯爵邸とはサランドヒルの領主様のお屋敷らしいです。

たしか、イリシャさんは『実家』という言葉を使っていましたから、もしかしなくてもイリシャさんは貴族のご令嬢だったのでしょうか。

であれば、以前はマディスカの宿場町の酒場で働かれていたはずですので、なにか家の事情があったということになりますね。それで今回、実家に戻られることになった、そんなところでしょうか。あの他人への配慮を怠らない姿勢も、高貴な家の出の教養の賜物だったと考えるとしっくりきます。

手紙のほうはともかく、問題はもうひとつの革袋のほうです。

イリシャさんのお使いということでしたので、なんの疑いもなく、中身を確認せずに受け取ってしまったのですが……牢に帰ってから、中を開けてびっくりしてしまいました。革袋にはたくさんの金貨が詰まっていたのです。その数二十枚。日本円にして二十万円の大金ですよ。

その意図を確認すべく、昨晩も冒険者ギルドに足を運んだのですが、イリシャさんにも蝶マスクの方にもお会いできませんでした。

予想として、おそらくは猪捕獲のための準備金なのでしょうね。捕獲に使う罠や縄などといった物品費でしょうが、それにしてもちょっと金額が多すぎます。

「これは……お願いされたのは単に捕獲だけではないのかもしれませんね……」

イリシャさんは、お礼に夕食をと言っていました。これには、捕らえた猪を食材として使うという意味合いも含まれていたのでしょうか。

冷凍庫もなく、生鮮食品の流通手段がまだ確立していないこの異世界では、狩った獲物は新鮮なうちに調理するのが一般的です。こちらの常識に疎い私が知らないだけで、獣の捕獲依頼とは通例として調理までがセット、とされていてもおかしくはありません。

もしや、私の郷土料理などを期待されているのでしょうか。他の食材に調理器具、それら含めての準備金としてこの金額でしたら、あり得るかもしれません。なにせ、相手は貴族のお金持ちです。金銭感覚が庶民と異なる可能性も大いにあります。

であるならば、猪肉の料理といいますと、やはりオーソドックスにぼたん鍋でしょうか。土鍋くらいは用意しておいたほうがよさそうですね。余った分は、お釣りとしてお返ししましょう。

今日は約束の日ですから、買い出しのために少し早く日暮れ前には行動を始めていたほうがいいかもしれませんね。

考えもまとまったところで、私は横になることにしました。今はまだ昼を回ったくらいですが、獣捕獲にどれぐらい時間がかかるかわかりません。長丁場になったときのために、日中のうちにできるだけ休養は取っておいたほうがいいでしょう。

「……少しいいですか、タクミさん？」

うつらうつらしはじめたところで、いつの間にか来ていたレナンくんに声をかけられました。

「どうしました、レナンくん？」

「なんというか……タクミさんにお客様です。というか、面会ですね」

面会ですか。私にお客とは珍しいですね。

「どなたです？」

この異世界での知人など、そうそう多くはありません。この街に限ってでは、せいぜいイリシャさんくらいでしょうか。

戸惑いがちなレナンくんの歯切れの悪いところからも、普通のお客ではなさそうですね。

「貴族のお嬢様だったりしますか？」

「ああ、なんだ、よかった！　本当にお知り合いだったんですね！」

ビンゴのようですね。レナンくんがほっとしたように胸を撫で下ろしています。

身分制度社会であるこちらでは、貴族と平民とではそれこそ会社役員と平社員くらいの差があると聞いています。役人とはいえ、平民であるレナンくんが緊張するのも仕方のないことです。

それとも、私が外でまたなにか仕出かしたとでも思われて、心配されていたのでしょうかね。ははっ。

「僕、焦っちゃいましたよ～。タクミさんが貴族相手にまたなにか仕出かして、そのクレームじゃないかと」

……そんなビンゴはいりません。レナンくんが酷いのです。

「面会は、規則として役所内の一室で行なわれることになっています。ついてきてくださいね。あ、人目に触れますから、きちんと手足を繋ぐ鎖も再生させておいてくださいね。あと、わかっているとは思いますけど、くれぐれも役所内では、お・と・な・し・く！　お願いしますね？」

「ええ、それはもう。もちろんですよ」

護送馬車の檻の鍵が開けられて、外に連れ出されます。

そういえば、この檻ってきちんと鍵がありましたね。鉄格子から出ることが多かったので、すっかり忘れていましたよ。

そのままレナンくんに引き連れられて、囚人面会用の部屋とやらに移動します。面会室というからには、ドラマでよくありがちな、室内を透明な壁で仕切られた部屋を想像していたのですが、なんの変哲もないただの部屋でした。どちらかというと取調室に近いイメージです。ちょっぴりがっかりですね。

部屋に入りましたが、中にはまだ誰もいません。こちらのほうが早かったようですね。

立会人のレナンくんとふたりで、面会人の到着を待つことになりました。ふたりきりだというのに、レナンくんの表情はどこか強張っています。直立不動で、下ろした手の指先までぴんっと伸びきってしまっていますね。

「おや。緊張しているのですか、レナンくん？」

「はい、そりゃあもう。僕らにとっては、貴族なんて天上人みたいなものですからね。粗相でもあると、僕みたいな木っ端役人見習いなんてすぐに首が飛んじゃいますから……ぶるっ」

軽い冗談でリラックスしようとして、逆にその状況を想像してしまったみたいですね。

ますます緊張してしまったようで、身震いまでしています。困ったものです。

「それを言うのでしたら、私なんてどうします？　物理的に首が飛びかねない国家反逆罪の大罪人ですよ？　しかも、以前にも王様暗殺未遂で指名手配されかけていますし」

「へ、いや、ちょ、初耳なんですけど！　王様暗殺未遂って――なにしてるんですか、あなたは!?　……なーんてね、わかってますよ、タクミさん。冗談で僕の緊張を解そうとしてくれているんでしょう？　お気遣いどーも。へへっ」

「いやあ、ははっ」

まあ、実話ですけれどね。どちらもメタボな王様のいいがかりではありますが。

「おかげで、少しだけ肩の力が抜けました。ありがとうございます。それにしても、貴族とお知り合いなんて、タクミさんは顔も広いんですね。しかも、侯爵家のご令嬢なんて。どうやったらそんなお偉方と知り合える機会があるんですか？」

「それはですね――」

ん？　侯爵家？　侯爵って、伯爵よりも上の身分ですよね、たしか。イリシャさんは伯爵家ではありませんでしたっけ。

「面会人は、伯爵家の方ですよね？」

「……え？　違いますよ。侯爵家です」

「イリシャさんでは？」

「どなたです？」

……おや？

「……ということは人違い？　もしや、本当に外でなにかご迷惑をおかけしたとか……？」

「もー、心臓に悪いんですからやめてくださいよ、タクミさん！　それも冗談ですよね？　冗談だと言ってください！　ね、本当は知ってるんですよね？　アルクイン侯爵家の――」

わたわたとレナンくんに詰め寄られそうになったそのとき――

部屋の外、廊下のほうからけたたましい足音が響いてきました。足音というより、駆け足の音ですね。遠くから、どんどん近づいてくるようです。

ばたんっ！

足音が部屋の前で止まったと思うや否や、扉が蹴破られる勢いで開け放たれ、小さな人影が飛び込んできました。

「タクミ兄ちゃん！」

懐かしい声とともに、視界が真っ暗になりました。顔面に柔らかいものを押しつけられ、頭頂部をぐりぐりされている感触がありますね。

「タクミ兄ちゃん！　兄ちゃん！　兄ちゃーん！」

察しますに、頭部を両手両足でコアラのように抱き締められたまま、頭に頬ずりされているようですね。

――じっと待つこと数十秒。いっこうにやむ気配がありませんでしたので、とりあえず両脇を抱えて、顔から引き剥がしてみました。煌めく銀糸のような長く美しい銀髪が揺れて、離れる際に鼻先をくすぐります。

「タクミ兄ちゃん！　会いたかったー！」

至近距離に迫った小さな顔――少女らしい丸みを帯びた輪郭の中央では、大きな瞳が快活な光を湛えて瞬いています。好奇心旺盛そうなのは相変わらずで、その表情は歓喜の笑みに満ちていました。

「これはこれは。思わぬところでお会いしましたね、アンジーくん」

そこにいたのは、かつてアダラスタの港町で別れたアンジーくんでした。

第三章　獲物（えもの）がいない猪（いのしし）狩り

アルクイン侯爵家の長女、アンジェリーナ・アルクイン。それがアンジーくんの本名でした。

あれから、およそ一ヶ月ぶりでしょうか。たった一ヶ月というべきか、もう一ヶ月というべきか。実に様々なことがあり、ずいぶんとお久しぶりな気がします。

「タクミ兄ちゃーん♪」

アンジーくんはコアラのように私の腰にしがみついたまま離れません。実に嬉しそうです。

アンジーくんにとっては、『もう』のほうだったようですね。記憶に残るアンジーくんは、オーバーオールに大きな帽子を被った少年然とした格好でしたが、今はとても上品な女の子っぽいドレス姿をしています。本人曰（いわ）く、あのときは旅の安全上による男装（だんそう）――というか変装だったらしいですが。

光沢（こうたく）のある艶（つや）やかな長髪も綺麗（きれい）に梳（す）かれており、肌（はだ）の白さと相まってまるでフランス人形のようですね。こちらが本来の女の子としてのアンジーくんなのでしょう。これでは、男の子と間違えようもありませんね。

「どしたの、兄ちゃん？　オレ、なんか変？」

しげしげと見下ろしていましたので、不思議そうにアンジーくんが見上げてきました。

「いえね。すごく女の子らしくて可愛らしいなーと思いまして」

「っ！」

アンジーくんがぱっと手を放して距離を取り、こちらに背中を向けてしまいました。

なにやら小さな呟きが聞こえます。

「……不意打ちは卑怯だぞ、兄ちゃん……」

あ、しくじりましたね。率直な感想すぎて照れちゃったのでしょうか。もじもじしながら、後ろ姿から覗く耳たぶが真っ赤になってしまっています。アンジーくんもそろそろお年頃を迎えるお嬢さんですし、少しはデリカシーを持って接したほうがいいのかもしれませんね。

「それで、アンジーくん。今日はどうしてこちらまで？」

何気なく訊ねたのですが、アンジーくんの一切の挙動がぴたりと停止しました。

怒らせた肩がプルプルと震えはじめて、耳が別の意味でさらに赤くなってきています。

「おいおい、そりゃねーんでねえの、兄ちゃんよ？」

新たな声に、部屋の入口に目を向けますと、いつからそうしていたのか、扉横の壁を背にひとりの男性が立っていました。

三十代半ばほどの中背の精悍そうな男性で、無精髭に覆われた頬には古い大きな刀傷が刻まれています。着崩したシャツの下から覗くのは、肉付きのいい鍛え上げられた肉体で、まるで格闘系のアスリートを彷彿させますね。

一見して、只者ではないようです。腰に長い剣を携えていることもあり、歴戦の勇士といった風格すら覚えます。

その男性は大股で歩み寄ってきますと、私の胸元をぽんぽんと拳で叩きました。

「あんたを心配してのことだよ。これまでのお嬢が、どんなだったか想像つくか？　国家反逆罪で、賞金首として兄ちゃんが指名手配なんてされたんだ。無事なのか、生きているのかもわかりゃしねえ。不安で飯も喉を通らねえ、ずっと部屋に引き籠っちまってよ。そりゃ悲惨な状態だった」

「それは……すごく心配をかけてしまったようですね」

「……ん」

アンジーくんは背を向けたまま、銀髪が揺れる程度に頭を小さく動かしました。

「そこに、兄ちゃん自身からの無事を知らせる手紙だ。しかも、護送途中ですぐ近くのサランドヒルにいるとなりゃあ、取るものも取りあえずいの一番に駆けつけようとするわな」

そうでしたか。三日前に送った手紙を見て……

「寝間着に裸足のまま屋敷から飛び出しそうになるわ、まともに乗馬もできないくせに、後先考えずに馬車馬に飛び乗って、馬が暴れ出して大騒ぎになるわ、飯もろくに食ってないのに急に動いたもんだから、腹ペコで引っくり返りそうになるわ――」

「……ちょっと待った。そこまで話す必要ないだろ……？」

「んで、いざ会いに行こうとしたら、部屋に籠りっきりで何日も風呂に入ってないのを思い出して、慌てはじめるわと大変だったんだぜ、本当によ？」

「わー、わー！　やめ！　いうなー！　恥ずかしいじゃんか⁉」

アンジーくんが掴みかかって大騒動です。

微笑ましい様子に、私も思わずつられて笑みが漏れてしまいました。

すごくアンジーくんらしいですね。アダラスタでの海賊騒ぎの一件でも、ガルロさんたちの身を案じて、我が身を顧みずに単身で家を飛び出したほどでしたから。

「ありがとうございました。ご心配をおかけしましたね」

アンジーくんのふわふわの頭を撫でます。

少しくすぐったそうにしていましたが、アンジーくんは目を細めたまま身動きせずにじっとしていました。

「ま、実際問題として、侯爵令嬢が他家の領地に無断で侵入するわけにもいかないからな。伯爵家に早馬を出して了承を得てから、こうして正規の訪問客として来たってわけだ。どっちにせよ、突貫だったがな」

「あなたにもご迷惑をおかけしたようですね」

しかも、場がしんみりとならないように、わざとおどけてもらいまして。

「なに、お嬢の奇想天外なお転婆ぶりは生来のこった。毎度のことだし、慣れている」

「ははっ。そうなのですか」

「お嬢のボディーガードのダンフィルだ」

「タクミと申します。よろしくお願いします」

ダンフィルさんと固く握手を交わします。

「で、だ。早速で悪いが、試させてくれ」

「はい？」

握手した右手をグイッと引き寄せられ、残る左手が死角からこちらの首筋向けて飛んできます。

その手には、先ほどまでは握られていなかったはずの、小振りのナイフの刃先が煌めいていました。

「タクミ兄ちゃん！」

「タクミさん!?」

「――はあ、直撃!?　って、おいおい。いくらなんでも、今くらいのは避けてもらわないと――」

「いやあ、驚きましたね。いつの間にナイフを取り出したのです？　手品みたいですね」

鋭いナイフの先端が、首筋寸前の空中で静止しています。

「ほう、今の感触――防御系スキルか。だったらこいつはどうだい？」

右手が離されると同時に、ダンフィルさんが飛び退き、二メートルほどの距離が開きます。

「刺突スキル〈穿孔〉――こいつはどう対処する？　防御スキルじゃ、同じスキルによる攻撃は防げないぜ!?」

勢いよくナイフが突き出されました。

短いナイフの間合いではありませんので、当然刃先は届きませんが、なにかが身体を突き抜けたような感覚があります。感覚だけで、実害があったわけではありませんが。

ナイフを突き出したポーズのまま、しばらくダンフィルさんは固まっていましたが……やがて、盛大な嘆息とともに、構えを解いて両手を挙げました。その手からは、すでにナイフは消えています。

「あー、悪りぃ悪りぃ。あんまりお嬢が兄ちゃんのことをいつも自慢してたもんで、実力を試してみたくなってよ。元冒険者の悪い癖だな」

「ダンフィルさんは冒険者だったのですか？」

「もう十年も昔に引退したがな。当時はちったあ鳴らしたもんだが、依頼中にヘマやっちまってな。辞めて以降は、恩義のあった先代——お嬢の祖父を頼って、今はこうしてお嬢の専属だ」

「これでもダンフは、当時Aランク冒険者だったんだよ！　今ではそうは見えない野暮ったさしかないけど」

「そりゃないでしょ、お嬢……」

「で、ダンフから見て、タクミ兄ちゃんはどうだった？　すごいだろ！」

ドレス姿で腕組みしたまま、アンジーくんが余裕の表情で勝ち誇ったように胸を反らします。

実際、先ほど腕試しされている最中は、すごく不安そうにしていたのですが、そこは指摘しないのが吉でしょう。

「防御スキルは置いとくとしても……はっきり言って、こりゃ化物だな。〈穿孔〉を真っ向から受けて無傷ってことは、素の肉体防御力だけで凌いだってことだ。あんた、身体もその手足と同じミスリルでできてんのか？　どう考えても異常だぜ。普通は、胴体の真ん中に大穴が開いているところだ」

化物とか異常とか、好き放題に言われていますね。まあ、いいですが。ただ、そんな物騒なスキルを、単なる腕試しに使わないでいただきたいものです。下手をすると大惨事になっていましたよ。

「そうだろ！ 兄ちゃんはとってもすごいんだ！」

「へいへい。よくわかりましたよ。さっすがお嬢が、乙女の眼差しで毎日熱く語っていただけのことはあるってもんです」

「ちょ、な――」

アンジーくんの頬がたちまち紅潮します。

さすがに人生経験の差でしょう。軽くやり返されて、あっさり立場が覆されてしまったようですね。

「ははっ。アンジーくんにそんなに評価してもらえて、嬉しい限りですよ」

「そりゃ、もうあんた、オシメ巻いた赤ん坊のころからお嬢を知ってる俺が、不覚にも妬いちまうくらいだったぜ？」

すれ違いざまに、気軽に肩にぽんっと手を載せられます。

ただし、彼のその視線は、口調や態度ほど優しくはないようです。腕試しは合格点を貰えたのでしょうが、その分だけ警戒度も倍増しになったということでしょうか。どうやら、危険人物と認定されてしまったみたいですね。

アンジーくんの身の安全を保障する彼の立場としては、私の素性や能力、置かれた現状にしても、警戒対象となるのは当然のことでしょうが。

「――あの、ちょっとちょっと！　あれだけのことをしておいて、みなさんでなにをそんなに和んでるんですか⁉　役所内での騒動は困りますよ！」

おや。レナンくんが、ようやく我に返ったようですね。アンジーくん入室以降、唐突な展開でしたから、唖然としてしまうのも致し方ないことでしょう。

「これはとんだ失礼をした、若き役人殿。こいつはうち流の挨拶みたいなもんでして、見逃していただけるとありがたい」

「……以後、注意をお願いします」

「そいつは重畳。心得た」

レナンくんも役人として諫める立場にあるでしょうが、相手が貴族で、しかも侯爵家の人間とあっては、強く出るわけにもいかないのでしょう。

またもや、気苦労をかけてしまったようですね。ついついレナンくんには甘えてしまいます。

苦笑していますと、レナンくんのじと目がこちらに向いていました。あらら。

「タクミさんもですよ‼　最初にあれだけ約束したのに、すぐ忘れるんですから、も――！」

「あはは。申し訳ありません」

「って笑ってるし！　いっつもいっつもなんですから！　ホントにもう！」

「レナンくん、怒らないでくださいよ～」

「知りません！　つーんだ」

両手を合わせて謝っていますと、服の袖をくいくいと引っ張られました。

「……タクミ兄ちゃん、その子、誰？」

おや？　こちらもなんだか不機嫌顔ですね。

「そうそう、紹介がまだでしたね。こちらはノラードの役人のレナンくんです。別名、ノラードの剣――」

「待って待って！　こんなときまでやめてくださいよ。それはもういいですから！」

レナンくんに両手で口を塞がれてしまいました。

……アンジーくんの表情がさらに険しくなったのは気のせいでしょうか。

「そういうことで、遠く離れたノラードの地から、遥々私を護送してきてくれたレナンくんです」

「お初にお目にかかります。ノラードの役所勤めのレナンと申します。役人見習いをやって――」

「うっさい！」

挨拶を遮ったのは、アンジーくんの一喝です。お辞儀をしようとしたレナンくんを押し退(の)けて、アンジーくんが私との間に割り込みます。

「護送ってなんだよ!? だったらおまえ、タクミ兄ちゃんの敵じゃんか！ 兄ちゃんが悪い人なわけないだろ!? おまえなんて、敵だ敵――――！」

「駄目ですよ、アンジーくん。そんないい方は相手に対して失礼です。あと、人様に指をさすのは褒められませんよ？」

「うっ、でもでも……」

「罪状を決めたのはレナンくんではありません。レナンくんは自分に課せられたお仕事を頑張(がんば)っているだけですから。手紙にも書きましたが、その疑いを晴らすためにこうして王都に向かっているのですよ？ それに、この子はとてもいい子です。これまでもふたりきりで一緒に旅を重ねて、日頃からお世話にもなっています。とても仲良くしていますので、安心してください」

「それが一番気に入らないのに……」

「っ？ どうしました、アンジーくん？」

ダンフィルさんが、陰ですごく含み笑いをしています。なんでしょうね。

「もういい！ そこまでタクミ兄ちゃんが言うなら、許す！ でも、オレはおまえ嫌いだ！ べーっだ！」

いやはや、これはまた盛大なあっかんべーですね。困ったものです。

見かけはお人形さんのように見違えましたが、中身は私の知るいつものアンジーくんでしたね。ちょっと懐かしくて、微笑ましくもありますよ。

「こちらがアンジーくん――は愛称ですから、本名はアンジェリーナ・アルクイン、侯爵家のお嬢様ですね。以前、偶然旅の途中で知り合いまして。港町のアダラスタでも色々あり、それからというもの、仲良くさせてもらっています」

「それから、オレはタクミ兄ちゃんの婚約者なんだぞ！」

アンジーくんが一歩踏み出て、誇らしげに仁王立ちです。

「…………」

「…………」

……ああ、なるほど。そうでした。

「まだ暫定ですけどね」

「ええ⁉　なに言ってんの、兄ちゃん！　暫定違うよ、確定だよ⁉」

「まあ、そういうことですね」

「まったくもう！　人前で照れるのはわかるけど、兄ちゃんってば！」

真っ赤になって照れているのは、アンジーくんのほうのような気がしないでもないですが。

「タクミさんが侯爵家ご令嬢の婚約者……？　ということは、未来の侯爵様ってことに……？　僕、わりと無礼なことを……」

　こちらはこちらで、レナンくんがぶつぶつ呟きながら青くなっています。

「レナンくん、しっかり！　まだしがない囚人の身ですから！　お気になさらず！」

「そうそう。そこだよ、兄ちゃん。あんたは無実で、疑いを晴らすとか簡単に言ってるけどよ。実際にどうすんだ？　一度決められた罪状が、簡単に覆るとは思えんがな。王都に着いた途端、あえなく処刑とか勘弁してくれよ？　アルクイン家としても、公表してないとはいえ犯罪者が婚約者候補だなんて、風評被害もあるしよ」

「ちょっと、ダンフ!?」

　ダンフィルさんが正論ではありますね。アンジーくんをはじめとして、こうしている今も関係各所に多大なご迷惑をかけていることでしょう。

「漠然とですが、なんとか……なるような気はするのですよね。勘としか言えませんので、申し訳ないのですが」

　感覚的なものですから、これればかりは説明のしようがありません。

『私、神様みたいですから信用してください』と、ステータスでも披露すれば説得力はありそうですが、今以上に混乱を招くことは必至でしょう。これればかりは、勘に頼らずとも容易に想定できる事態です。

「勘、ねえ……」

「大丈夫だって！　オレはタクミ兄ちゃんを全面的に信じてるから！」

　アンジーくんが両拳を握って力説します。

「……ま、いいさ。うちのお嬢がそう決めてるんだ。家人の俺がどうこう文句たれるもんでもないわな。それに、勘が大事ってのも理解はできる。冒険者時代には、俺もそいつに散々世話になった身分だからよ」

　ダンフィルさんは割とすんなり引き下がってくれました。

　さすがに手練れの冒険者上がりというべきでしょうか、ダンフィルさんからは海千山千という底の知れない感じがします。その真意がどこにあるのかはいまいち掴めませんが、アンジーくんの手前、友好的ではいてくれるようですね。

「じゃあ、お嬢。そろそろお暇しましょうや。最初の約束だった安否確認と挨拶するっていう目的は果たしましたよね？」

「ええー……」

「ええー、じゃないでしょ。ほら、ふくれっ面してしゃがみ込まないでください。スカートで蟹股は下品ですよ。いつものズボンじゃないんですから」

「ああ、いっけね！　そうだった！」

　なるほど。今日のアンジーくんは侯爵令嬢として出かけるということで、おしゃれをしていたのですね。どうりで、最初に豪快な顔面ジャンプを決めてきたにもかかわらず、ス

カート姿なわけです。そういうことでしたか。

「ほらほら。面会の時間ってのも限られてるんですから。ねえ、役人殿？」

「え？　ええ、はい。そうですね。そろそろ既定の時間になりますね」

「ほら？」

「う〜〜。わかったよ……」

といいつつも、とても納得はしてなさそうに、アンジーくんは口を尖らせていましたが。

これ以上粘っても、旗色が悪いのは自分でも心得ているようですね。

「また明日にする……だったら、いいよね？」

「ご随意にどうぞ」

アンジーくんの恨めしそうな目が、次いでレナンくんに向きます。

「こ、こちらとしても、正規の手続きさえ取っていただけたら問題ないです！」

レナンくんはアンジーくんに対して、すっかり苦手意識を持ってしまったようですね。

口調はしっかりしているのですが、若干、私の陰に隠れ気味です。

アンジーくんが十歳で、レナンくんが十四歳なのですから、年は結構近いのですが、こちらの世界では身分の壁は年齢以上に厚いようですね。

私としては、おふたりとも可愛い孫のようなものです。お互いに仲良くしてもらえますと、非常に嬉しいのですけれど。

「それで、今夜はアンジーくんたちはどちらにお泊まりなのですか？」

「ここの領主のところに泊めてもらうんだ。ん〜と、なんだっけ？　クロワッサン……ミルク伯爵……？」

「クロッサンド・エチル伯爵ですよ、お嬢。なんですか、その朝食っぽい名前は？　いくら落ち目とはいえ、隣領の領主なんですから、名前くらい憶えておきましょうや」

「ダンフ、うっさい！　ちょっと勘違いしただけだろ。ふんっ」

兄ちゃんの前で恥かかせて……などと、ごにょごにょと聞こえてきます。微笑ましいものですね。

「ありゃ、しまった。へそ曲げたか。そういうわけでだ、兄ちゃん。俺らはしばらくエチル伯爵邸に厄介になるつもりだ。もっとも本邸に入るのは明朝で、今夜は隣設する別邸に泊まることになるがな」

エチル伯爵邸――どこかで耳にしたことがあると思いましたら、私が今夜猪捕獲に向かう予定の場所ではありませんか。奇遇なものですね。

ただ、本邸と別邸ですか……邸宅が複数あるとは想定外でした。手紙には〝エチル伯爵邸〟としか記載されていませんでしたが、どちらのことを指しているのでしょうね。

「わざわざ夜を跨いで隣に移るなど、どうしてそのような面倒なことを？」

「こっちが決めたわけじゃないんでな。本邸のほうの受け入れ準備が間に合わないんだとさ。相手の家格が下の伯爵家とはいえ、こっちは急に来訪を申し出た立場だからよ。仕方ねえわな」

もしかして、その〝準備〟とは、猪捕獲となにか関係があるのでしょうか……？

「はっ⁉ もしやアンジーくんたちの歓迎の準備として、ぼたん鍋待ちでしたり……？

いえ、それはいくらなんでも時系列が……」

「……なにをぶつぶつ言ってんだ、兄ちゃん？」

「あ、いいえ、こちらのことですよ。なんでもありません。些細なことです」

イリシャさんの都合で会えなかったとはいえ、打ち合わせは密にしておくべきでしたね。もう本番は今夜に迫っているだけに、今更ではありますが。

とにかく、どう転んでもいいように、事前の準備だけはしっかりとしておきましょう。

「まったね～！　タクミ兄ちゃん！」

四人と面会人という立場上、アンジーくんとダンフィルさんのふたりが先に退室していきました。

アンジーくんは去り際まで元気でして、ずっと大きく手を振ってくれていました。こんなに懐いてくれていて、ありがたいことですね。

「ふい～……終わった……」

姿勢を正してふたりを見送っていたレナンくんが、扉が閉まると同時に腰砕けになりました。

　レナンくんにとっては緊張しっ放しで、ありがたくないことだったようですね。ご苦労様でした。

「ヒーリング、要りますか？」

「よければ、お願いします。ホント、タクミさんと一緒にいると、退屈しませんよね……」

　気苦労が絶えない、と口にしないあたり、気を遣ってくれているようです。アンジーくんがやって来たのも、もとをただすと私の送った手紙が原因ですから、結局レナンくんの懸念した通りになってしまったわけですね。申し訳ありませんから、これからはレナンくんになるべく心労をかけないように、心掛けるとしましょう。

　……とりあえず、今夜は猪捕獲の約束がありますので、明日からということで、どうかひとつお願いしますね。はい。

　アンジーくんとの面会後、私は護送馬車に戻りまして、日中は予定通りに寝て過ごしました。猪捕獲にどれだけ時間を費やすか予測できませんので、夜に備えての寝溜めです。不覚にも途中で居眠りしてしまい、気づいたら朝でした、なんてことだけは避けたいです

からね。

空もだいぶ陰ってきていて、日暮れも迫る頃合いです。いつもでしたら、完全に日が落ちた後に出歩くのですが、今日は準備のための買い物がありますから、お店が閉まる前には出ないといけませんね。

都合のいいことに、今日に限りなぜか夕食の時間が前倒しされましたので助かりました。基本的に夕食以降のこちらへの巡回はないようですから、早く行動できそうです。

それでも、あまり人目につく時間帯ですと、役所を出るときに見つかってしまうかもしれません。その塩梅が難しいですが、夕陽に照らされ長く伸びていた鉄格子の影も、夕闇に紛れてだいぶ薄れてきました。この分ですと、あと三十分ほども待つと大丈夫でしょう。それまではやることもありませんから、横になって時間がくるのをじっと待つことにします。

(さて……そろそろいい時間でしょうかね)

ちょうど起きようかとしたところで、不意に馬車の後方から、かちゃりと小さな金属音がしました。

もうかなり薄暗くなっていましたので、音源は視認できませんでしたが、誰かが走り去っていく足音だけは聞き取れました。

この護送馬車の檻に近づく者はレナンくんくらいですが、足音はどちらかというと大柄な人物のものだったような気がします。レナンくんでしたら、私に声もかけずに走り去る理由がありませんし。

（……はて、どなただったのでしょう？）

檻の後ろには出入りするための格子扉がありますが、いつも施錠されているはずの鍵が外れており、扉はすんなり開いてしまいました。先ほどの音は、この格子扉を解錠した音だったのでしょう。

鍵は護送責任者のレナンくんが所持していますが、夜間は役所の保管庫にしまわれていると聞いています。どこの誰か知りませんが、わざわざ鍵まで持ち出して、なにがしたかったのでしょうね。

『檻の鍵、クリエイトします』

とりあえず、これから私も出かけて檻を留守にしますので、不用心ですから鍵は掛け直しておきましょう。

ダミー用のシーツも丸めて転がしておきましたし、これで準備万端ですね。

野良着に長靴。夜中ですし、暗闇の中を這いずり回ることになるかもしれません。汚れ

てもいい服装は基本ですよね。

頑丈なロープ。しかも大量。地の利は敵にあります。罠を複数設置して対抗する必要があるでしょう。捕まえた後も捕縛しておかないといけませんから、あらかじめ多めに用意してみました。

土鍋。大きめの立派なものがあって助かりました。さすがに中華鍋のような鉄鍋では、せっかくのぼたん鍋の雰囲気が出ませんからね。

そして、最後に正体隠しのスカルマスクで完成です。ばばーん。

完全装備で、レナンくんに渋々描いてもらった地図を片手に、徒歩で目的地へと向かいます。

日はとっぷりと暮れており、辺りはすでに真っ暗になってしまいました。今夜は曇りがちでして、空には月も星も見えない暗夜です。

足元もおぼつきませんので、照明くらいは欲しいところですが、闇夜に浮かぶ人工灯は、それだけで遠目にも目立ってしまいますから、我慢しておきましょう。まったく見えないほどではありませんし。

予定していたよりも、だいぶ遅くなってしまいました。やはり、買い出しに手間取ったのが敗因でしょうね。

なにせ、こちらにはホームセンターもディスカウントショップもありませんから、それぞれの品を専門店で買い集めるのに時間がかかってしまいました。それでも、閉店までに揃えられたのは、僥倖でしょう。

ただ、問題がふたつほど。

ひとつめは、買い出しで慣れない道をうろうろしたせいで、現在位置を見失ってしまいました。いわゆる迷子ですね。今歩いているのは、街路樹の並ぶ通りなのですが、どこなのでしょうね、ここ。地理に疎い以前に、こうも暗いのでは、どこを目印にするとよいのかもわかりません。周囲の建物から、少なくとも住宅地であることだけは見て取れます。時間が時間ですから、人通りもまばらな上に、たまに通りがかる方に道を訊ねようとしても、一目散に逃げていってしまいます。どうしたものでしょう。

ふたつめは、せっかく買い揃えた品なのですが、物凄く嵩張るために歩きにくいったらありません。紐で結わえた土鍋は、すぐに背中からずり落ちそうになってしまいますし、大量のロープの束は横幅があり、肩に担ぐのにも一苦労です。これらは〈万物創生〉で創るわけにもいきませんので、わざわざ購入したわけですが、ちょっと張り切りすぎてしまったようですね。

このままでは、本当に約束の時間に遅れてしまいそうです。今か今かと待ちかねる、イリシャさんの姿が目に浮かぶようです。こうしている間にも、猪被害が拡がっているかもしれません。それは阻止しませんと。

とにかくまずは、地理を把握するのが先決でしょう。これ以上、闇雲に歩き回り、実は目的地の反対方向でした――では意味がありません。

住宅地とはいいましても、幸いここは表通りです。この時間帯でも帰路につく方は、まだひとりやふたりはいるでしょう。今度こそ、誰かに道を教えてもらいませんといけませんね。

荷物を道の街路樹脇に置きまして、とりあえず道端で体育座りをして待ってみることにします。

運よく数分も待たずして、暗い夜道の向こうから近づく松明の明かりが見えてきました。次第に馬の蹄の足音と、車輪の軋む音が聞こえてきます。

ややあって視界に現われたそれは、やはり馬車でした。

馬二頭仕立ての小型のものですが、随分と高級そうな造りの馬車です。暗がりの中、松明の薄明かりに浮かぶ車体は色彩に富んでおり、刻印された家紋らしき紋章が目を引きます。馬車馬のほうも見るからに立派な栗毛の良馬ですから、由緒正しき家柄か、よほどの資産家の持ち物でしょうね。

車体全体を密閉するタイプの馬車ですので、内部の様子は窺い知れません。側面の乗降用のドアは当然閉め切られており、備えつけの窓もしっかり閉じられてしまっています。

道を訊ねるだけで呼び止めるには、やや気が引けるほどの高級感でしたが、気後れしている状況でもありません。この機会を逃しては、次があるとも限らないでしょう。

小走りで追い縋り、不躾ながらドアの踏台に足をかけてから、ドアをノックしてみます。

「すみません。夜分に失礼します。少し道をお訊ねしたいのですが」

反応はすぐにありました。窓がすっと開きまして、内部からの明かりに照らされます。

私が窓からひょいと顔を覗かせたところ――

「ぎゃあああああ――‼　がががが、骸骨！　お化け出た〜〜〜〜！」

この世のものとは思えない大絶叫が、夜のしじまに轟きました。

至近距離からの口撃に、私も思わず手を滑らせてしまい、馬車から転げ落ちました。大した速度は出ていなかったので、石畳でごろんと前転して受け身を取ります。

「痛――くはないですけど、びっくりしましたね……」

地面に尻餅をついた状態で一息つきます。野良着でいたのは正解でしたね。転がった際に、ずいぶん砂埃で汚れてしまいました。

声音からして、馬車に乗っていたのはどうやら小さい子供だったようですね。暗闇から急に顔を出したせいで、驚かせてしまったのでしょうか。ただ、どこかで聞き覚えのある声でしたね。それもごく最近。はて。

馬車が急停止し、ドアからふたりの人物が降りてきました。

半開きのドアから漏れた逆光に、うっすらとふたりのシルエットが浮かびます。ひとりは成人男性で、もうひとりは小柄でスカート姿のようですので、少女でしょうか。少女は男性の背後に隠れてしまっているようです。

「どこの手の者だ？　これがアルクイン侯爵家の公用馬車と知っての狼藉か？」

冷徹な声とともに、冷たい抜き身の剣の切っ先が眼前に突きつけられます。

……こちらもつい最近に聞いた声なのですが。正確には今日のお昼くらいに。

「あ～……夜分にすみませんでした。私です」

「そんな金ぴか変態骸骨に知り合いはおらん」

「ど、どう……？　お、お化け……じゃないよね？　大丈夫だよね？　ね？」

……なるほど。とりあえず、仮面を脱いだほうがよさそうです。

誤解も解けたところで、エチル伯爵邸まで馬車に乗せてもらうことになりました。

貴族所有の最高級の馬車ということで、乗り心地はお見事なものです。

外見の割に内部は意外に広々で、インテリアにまで気を配られています。馬車特有の揺れも少なく、車内にグラスに注いだ飲み物を放置しても、零れることはないでしょう。対面に備えつけられたソファーなど、背もたれも座面も身体が沈み込むくらいに柔らかで、肌触り(はだざわ)も抜群(ばつぐん)です。

　こうして窓を開けて夜風に吹かれたまま夜景を眺めて走行していますと、夜行のグリーン車両でのちょっとした旅気分ですね。とても優雅なものです。護送馬車も、こういった感じにリフォームしてくれないものでしょうかね。

　役所で別れてから、アンジーくんたちはこれまで街中(まちなか)の観光をしていたそうで、ちょうどこれから伯爵の別邸まで戻るところだったとのこと。

　行き先は同じ伯爵家の敷地内なので、こうして便乗(びんじょう)させてもらうことになりました。いろいろとお騒がせしてしまいましたが、嵩張(かさば)る荷物まで運んでもらい、私としては結果オーライでしたね。これで、どうにか約束の時間にも間に合いそうです。助かりました。

「兄ちゃんも人が悪いや。あーんな格好で驚かすんだもんな～」

　アンジーくんは、馬車の座席に座る私の膝の上に腰かけて、ご満悦(まんえつ)です。

「ごめんなさいね、アンジーくん。正体がバレてはまずいので、外を出歩くときには着用するようにしているんですよ」

「変装するにしても、もっと他のにしたら？　あれ、ほんっと不気味(ぶきみ)だよ？」

　そうですね。どこからあんな声が出るものかと思うほどの悲鳴でしたから。

　不本意ながら驚かせてしまい、アンジーくんには悪いことをしましたね。

「ですが、格好よくありませんか？　個人的にはお気に入りなのですが……」

「……ごめん。オレにはよくわかんないや」

そうですか……がっくしです。

「じゃあ、さっきの大荷物も変装用なの？」

「あれは猪退治に使う道具です」

「猪って……ロープはわかるけど、鍋はなんで？」

「猪肉を使った鍋に使おうと思いまして。そのためですよ」

「え？　捕まえた猪って食べるの？」

「若干癖はありますが、野趣に富んで美味しいですよ？　首尾よくいきましたら、アンジーくんもどうですか？」

「いやあ、タクミ兄ちゃんが誘ってくれるのは嬉しいけど……オレ、臭みのあるお肉って苦手なんだよね」

「おや、それは残念ですね。ははっ」

なんだか、ほのぼのしますねえ。

こうしてアンジーくんを膝に乗せて喋っていますと、縁側で孫と和んでいる気分です。もちろん経験はありませんので、イメージですけれど。

「……お気楽だな、兄ちゃんは」

馬車の対面の席で、足を組み片肘を突いて座るダンフィルさんはしかめっ面です。

「こうものほほんとしてると、俺も忘れそうになるけどよ。あんた、護送中の囚人だよな？　しかも、国家反逆罪なんて重罪人だ。昼間に役所で面会したばかりで、どうして今はこんなところにいるんだよ？　豪快すぎんだろ」

「約束がありますので、それを果たしにいく途中でして」

「いや、そういう意味じゃなくてだな……これって立派な脱獄だろ？」

「なるべく早く戻りますよ」

「……そんな問題なのか？」

　どうなのでしょうね。たしかに、本当に犯罪を犯した罪人でしたら問題でしょうが、私の場合は確実に冤罪ですから……本来でしたら、こうして大人しく捕まっておく義理もないわけです。どちらかと言いますと、連行されているのではなく、付いていっているという感覚です。

　定められた法に則り、きちんとした捜査を行なった上で逮捕されたのならまだしも、メタボな王様の一存で罪人扱いされるとなれば、それはまた別の話です。ただでさえあの王様は、以前にも独裁者の本質を晒していますし。郷に入れば郷に従えとは言いますが、不条理な命令にまで従う気など毛頭ありませんよ、私。

「兄ちゃんが戻るって言ってるんだから、いいじゃんか！　ダンフは頭固いんだから！」

「いやいや、固いとかそういう問題じゃなくてですね。あのね、お嬢。真相はともかくとしても、賞金首の罪人をこうして侯爵家の馬車に乗せている時点で、かなりまずいことは理解してくれてますよね？」

「大丈夫！」

「……全然、大丈夫じゃなさそうですけどね、お嬢。で、自信の根拠は？」

「タクミ兄ちゃんだから！」

なんて迷いの欠片もない断言なのでしょう。惚れ惚れしてしまいます。女の子の格好をしていても、中身は実に男らしいですね、アンジーくん。

「……お嬢はやっぱ先代の孫だわ。その無条件に人を信用するとこなんてもう、そっくりだ。あと、人の話聞かないとこも」

「ご苦労をおかけしますね」

「あんたが言うな」

それもそうですね。ご無礼しました。

「まあ、いいさ。なんだ……その依頼とやら、伯爵邸に赴くってことは伯爵家の意向だろう？　ってことは、この件については領主も了承済みなわけだ。外野からの細かい口出しはやめておくさ」

いざというときの責任は、全部伯爵家になすりつける——と言外に聞こえたような気もしますね。さすが荒事専門の元冒険者さんです。強かなものですね。

「ただし、ご領主さん本人からのお願いではなかったですけれどね。イリシャさんという女性の方です」

「イリシャ……？　伯爵家にそんな家人がいたか？　いや待てよ、たしか伯爵が最近拾った――」

ダンフィルさんは、アンジーくんに一瞬だけ視線を注いでから、話を変えてきました。

「で、どんな依頼だったんだ？」

「猪の捕獲依頼ですよ。畑を荒すと聞いていましたから、最初は普通の農家くらいを想定していたのですが、まさか伯爵様のお屋敷とは露知らず、焦っていたところですよ」

「伯爵邸内で畑ってか？　やけに妙な依頼だな。しかもこんな夜中にだろ？」

「時間を指定したのは私のほうでして。なにぶん、昼ではさすがに目立つものですから」

「ああー……そりゃあそうだわな。にしても、〝猪〟か……まさかな」

……なんでしょうね。

ダンフィルさんは少し考え込む素振りを見せましたが、それだけでした。

「主人の道楽で、邸内に果樹園や観賞用の花を栽培しているところもある。案外、畑といってもそっちかもな」

「なるほど。あり得そうですね。それは思いつきませんでした」

畑＝芋畑くらいにしか思っていませんでしたよ。もし、花畑を荒すような猪でしたら、なかなかハイソな猪なのですね。

「そのイリシャとやらは、旧友かなにかか？」

「知り合ったのは最近です。気配り上手の気立てのいいお嬢さんでして、マディスカの宿場町で――おっと」

開けっ放しにしていた窓から、街路樹の木の葉が舞い込んできました。

風に吹かれる木の葉の行方を追い、ふと窓の外に目を向けた際に、夜闇に紛れて足早に歩く、ひとりの女性の姿が見えた気がしました。

「あれは……イリシャさん……？」

すでに街路樹の陰に隠れてしまい、その姿は追えませんでしたが、よく似た背格好の女性でした。

ただし、イリシャさん自身ではないでしょう。約束の時間が迫るだけに、今頃イリシャさんはエチル伯爵邸で私の到着を待っているはず。こんな場所を出歩いているわけがありません。

女性が向かっていた方角には冒険者ギルドがありますが、今夜は約束の日だけに、今さらイリシャさんがギルドに向かう用事はないはずです。おそらく、イリシャさんを話題にしていましたから、見間違えてしまったのでしょうね。

「……どうした？　なにか面白いものでも見えたか？　例えば……お化けとか」

膝の上のアンジーくんが、ダンフィルさんの声にびくりと震えました。

「……タ、タクミ兄ちゃん？」

不安そうに見上げてきます。どうも、アンジーくんは怖いものに弱いようですね。

「ははっ。別にお化けとかではありませんよ。人が歩いていただけですから」

「なんだ、そっか……ってか、ダンフ！　今のわざと言っただろー!?」

ばたばたと両手足を振り上げて、アンジーくんが憤慨（ふんがい）します。

「そりゃ、お嬢。いいがかりってものですよ。なんのことだかわかりかねますね」

「ぜってー、嘘だー！」

「はははははっ」

途中で中断してしまいましたので、イリシャさんとの出会いの話は有耶無耶（うやむや）になってしまいました。

といいますか、対面に座るアンジーくんの様子に気づいたダンフィルさんが、おそらく意図的に話をすり替えたのでしょうね。婚約者を公言するアンジーくんの前で、他の女性を好意的に語るのは、デリカシーに欠けるということなのでしょう。気に掛けてはいても、なかなか難しいものですね。

そうこうしている内に、馬車はエチル伯爵邸に着いたようです。重厚（じゅうこう）そうな門扉（もんぴ）脇で、馬車は静かに停まりました。

「ここが伯爵家の本邸だ」

「お世話になりました。とても助かりましたよ」

「なに、物のついでだ。いいってことよ」

「なんでダンフが威張ってんのさー！　タクミ兄ちゃんだったらいつでもいいぞ！」

「アンジーくんも、ありがとうございますね」

さあ、これからが今夜の本番ですね。ついに猪との死闘が繰り広げられるわけです。

馬車を降り、積んでいた荷物を再び背負います。仮面も――また装着していたほうがいいでしょうね。

創生したスカルマスクを被り直しますと、アンジーくんが「うっ」っと唸っていました。やはり慣れませんか、ははっ。この渋さを理解するのは、女の子では難度が高いかもしれませんね。

闇の向こうには、閉め切られた門扉越しに、豪奢な邸宅の影が浮かんでいます。貴族のお屋敷というだけありまして、建物自体は広い庭を挟んだ先に位置しているようです。徒歩では数分ほどかかりそうですね。

「では、行きますか」

嵩張るロープを担ぎ直して、まず私たちは立派な門構えをした門扉へと向かいました。

すでに鉄柵製の門は固く閉ざされてしまっています。門の脇に詰所らしき施設はあるのですが、守衛さんなど誰もいないようですね。

――ん？　私たち？

背後を振り返りますと、にこにこ顔のアンジーくんと、その後ろにダンフィルさんもついてきていました。

「……どうかしましたか？」

「オレも行く！　なんだか楽しそうだし！」

「この通り、お嬢が行く気満々だからな、仕方ないだろ。それに、クロッサンド伯爵は日中不在で、挨拶どころか顔合わせもまだだったからな。夜分だが礼を欠くほどの夜半でもない。ついでだ、ついで」

「そうなのですか。では、ご一緒しましょうか」

「わーい！」

アンジーくんたちは伯爵家のお客様ですから、同行しても問題はないでしょう。

「問題はこの門のほうですよね……」

そそり立つ門扉を見上げます。内側から閂がかかり、しっかり施錠されているようですね。呼び鈴らしきものもありません。

鉄柵を抉じ開けて入っても問題ないでしょうか。ありますよね、きっと。どうしましょう。

「連絡が通ってんなら、通用門くらい開いてるんじゃないか?」

言われてみますと、門と詰所の間に小さな扉がありました。門が馬車用、こちらが通行人用ということでしょうか。

ノブを回してみますと、鍵は掛かっていませんでした。ダンフィルさんが正解のようですね。

「それでは、入ってみましょう」

「お～!」

私を先頭に、列を成して中に入ります。

扉を潜りますと、整地された石畳が庭を迂回しながら奥まで続いていました。

暗がりの中に、庭の植木や花壇が見受けられます。明かりのひとつもないので、なんだか不気味ですね。

がさっ。

そのとき、傍らの茂みの木の陰から人影が現われました。

イリシャさんでしょうか。いよいよ、猪狩りの始まりのようですね。

エチル伯爵家の執事筆頭のシレストンは、邸内の入り口付近の木陰に潜み、髑髏男の到着を今か今かと待ち望んでいた。

普段は常駐させている守衛らも、今晩に限っては適当な用事を言いつけて席を外させている。これから起こる出来事への不安要素は、できるだけ取り除いておきたいところだ。

最大の懸念材料であるイリシャという正体不明の輩も、屋敷から出たのは確認済み。今頃は冒険者ギルドへと向かっているはずだ。落ち合うべき髑髏男が来るはずもないとは知らずに。

場当たり的な計画ではあったが、事はシレストンの描いた筋書き通りに進んでいた。

内容はこうだ。

渓谷の公道を意図的な落石による土砂災害に偽装し、不当に通行料を取り立てようとしていたクロッサンド伯爵。

しかし、目論見は失敗し、金策に困っていた伯爵は、サランドヒルの街に立ち寄った護送囚人に目を付けた。なにせ、金貨三百枚の賞金が掛けられた賞金首だ。取り損なった通行料の充分な穴埋めになる。

情婦のイリシャに片棒を担がせ、プロの裏の人間を雇い入れ――庶子のクランクを利用して賞金首を脱走させてから、再び捕らえてまんまと賞金を手にする。

なにかと折り合いの悪い国の役人にも、脱走を許した失態の追及に加え、領主側で捕縛したという貸しを作ることで、二重の意味で吠え面をかかせることができる。

――つまり、そういう思惑があったと、周囲に信じ込ませる計画だ。

ただし、最終的に伯爵の計画は失敗する。それは、代々伯爵家に仕えし家人が、義と信の狭間で揺れながらも計画を阻止するからだ。

（それがわたくしとなるわけですがね！）

シレストンはほくそ笑む。

主人の意に反することになろうとも、気高き家名と祖霊の栄誉を守るため、蛮行に走る主人を諫めようと断腸の思いで告発する――そこその美談だろう。ただでさえ、現当主の豚のクロッサンドはすこぶる評判が悪く、ゴシップ好きな庶民には特に受けるはず。周辺貴族とて、体裁を気にする者たちばかり。少なくとも表向きはこの行為に『真の忠心』と賛辞を贈るはずだ。

そして、隣領の野心家であるアルクイン侯爵は、ここぞとばかりに当家に付け入ってくるに違いない。裏では諸侯を煽って非難をし、表面上では甘言を用いてすり寄ってくる、といったところか。最終的には骨の髄までしゃぶり尽くされて、ほどなくエチル伯爵家は没落することになるだろう。

本来は、仕えていた主人と運命をともにするであろうシレストンだが、ここで告発の美談が活きてくる。自身に非がないことを自他に証明しており、功績もある。人気取りで声をかけてくる貴族もいるはずだ。豚ともども、一緒に堕落することだけは避けられるだろう。

――これをもって、かねてよりの念願の、脱・クロッサンドとなるわけである。

計画に際し、主には「例の囚人は国からの諜報員の可能性がある」と吹き込んである。推論とはいえ、主を思って己が意見を進言するのも家人の務め。なんら、執事としての道義には反していない。

ついでに、「今夜、この屋敷に忍び込んでくる」との情報も伝えてある。誰も〝調査のため〟などとは言ってはいないが、主がそう判断したのであれば仕方がない。家人が否定するのも無礼だろう。

恐慌した主からの「侵入者をどうしたらよいか？」という問いかけに、「貴族の屋敷に不法侵入した不審者を成敗するのに理由が必要ですか？」と、あくまで一般論で答えてやった。侵入者が誰を指すなど、聞かされてはいない。主は不敵に笑っていた。

理由は不明だったが、すぐに動かせる腕利きの用心棒がいないか問われたので、先日偶然にも冒険者ギルドで知り得た情報である、〝ある賞金首狩り専門の冒険者レギオンが街近くに滞在している〟ことを教えてやった。すぐさま代表者を呼ぶように命が下り、手配した。主自ら内密に相手と契約を結んだようだが、その中身には関知していない。

（あの豚の唯一の取り柄は、直情的で思うがままに動いてくれることだな。こうも上手く

運ぶとなると、神がこの身を哀れに思い、願いを聞き届けてくれたか？　くくっ）

役所の護送馬車がもぬけの殻なのは、すでにクランクから報告を受けている。脱獄は無事に成功したようだ。後は、あの髑髏男が首尾よく、例の賞金首の囚人をここまで連れてきてくれるだけだ。

中庭には三十名に及ぶ冒険者たちが待機している。囚人も大勢を手にかけた手練れと聞く。そもそもどちらが勝利しようと関係はない。派手に騒いでくれるのが肝要で、それ以外はどうでもいい。

（計画のことをなにも聞かされておらず、騒動が巻き起こり初めて主の邪まな真意を察し――主の凶行を止めようと、別邸のアルクイン侯爵令嬢のもとに直訴に出る。そこで現場を目撃してもらい、フィナーレとなる）

エチル伯爵家に宿泊しているアルクイン侯爵令嬢の存在は、当の伯爵すら知らない。折よく舞い込んだ侯爵令嬢の訪問を利用しようと、シレストンが独断で対処したためだ。

この計画の胆として、一連の伯爵の蛮行を証明してくれる存在が必須となる。伯爵の地位を用いれば、事が表沙汰になる前に、握り潰すことも可能だからだ。

しかしそこに、より家格の高いアルクイン家が絡んでくると、そうはいかない。下手な言い逃れもできないだろう。

これまでのこと、そしてこれからのこと――去来するさまざまな事柄に思いを馳せながら、シレストンは待ちわびる。

そして、ついにそのときは来た。

通用口の扉が静かに開き、夜闇に黄金色の髑髏の異様さが浮かぶ。その背後にはもうひとりの男の影。例の囚人だろう。計画は順調のようだ。

がさっ。

シレストンは隠れていた茂みの木陰から、意気揚々と姿を現わして出迎えることにした。

◇◇◇

髑髏男の見た目は相変わらずの珍妙ぶりだったが、今夜は以前にも増して不可解な格好をしていた。悪趣味な黄金色の髑髏の仮面はともかくとして、なぜか野良着に長靴装備、肩には大量の縄の束を担ぎ、あまつさえ大きな鍋まで背負っている。

一瞬、唖然としかけたシレストンだったが、大事の前の些事にかかわっている暇はない。要は、あの囚人を連れてきてくれさえすれば――と、視線を髑髏男の背後に投げかける。

背後の男は、一見しただけで常人とは一線を画する雰囲気がある。鍛え上げられた肉体に、隙ひとつ窺えない挙動。精悍な顔には大きな刀傷があり、いかにも極悪人という風体だ。

（これが大量殺人の重罪人か……だが、どこかで会ったことがあるような……？）

手配書か、と思い返したところで、以前に見た手配書の写真とは似ても似つかないことにシレストンは気がついた。

写真写りがどうというレベルではない。手配書の男は、いかにも一般人という雰囲気のほのぼの笑顔の青年だった。まったくの別人に思える。見た目の年齢もひと回り以上は下だったはずだ。

暗がりの中ということもある。シレストンは歩み寄り、もう一度しっかりと確認しようとしたところで……彼らふたりに挟まれる、もうひとつの小さな人影に目を奪われた。

「アンジェリーナ様ぁ⁉」

アルクイン侯爵令嬢の⁉

シレストンの口から、これまで自分でも記憶にないほどの素っ頓狂な声が漏れた。

しかし、そこは熟練の執事だけに、即座に自制心を取り戻し、深々と平伏する。

「こ、これは失礼いたしました。貴人の名を叫ぶなどという無作法をお許しください」

侯爵令嬢の代わりに、刀傷の男が歩み出る。どこかで会ったどころか、つい数時間前に挨拶を交わしたばかりの令嬢の護衛人だと、シレストンは今さらながらに思い出していた。

「驚かれるのも無理はない。こちらこそ夜分に失礼した。執事のシレストン殿だったな、昼間は世話になった。別邸への馬車での帰路にて、この御仁とゆえあって同席することになってな。こちらに用向きがあるということだったので、邸宅まで同行させてもらった次第だ。伯爵はご在宅か？　昼間できなかった挨拶をしておきたい」

シレストンは顔色を悟られないようにするため頭を上げられない。脳内にはこれでもかと疑問符が駆け巡り、額から滴る冷や汗が止まらない。

（なぜ、このタイミングで侯爵家一行がやってくる⁉　そもそも囚人はどうしたんだっ⁉）

髑髏男を追及したかったが、あくまで〝伯爵家執事のシレストン〟と髑髏男は初対面だ。アルクイン家のふたりの前で、詰問などできるわけがない。

こっそり髑髏男を見上げるが、作り物の仮面からでは心情など推し測れない。

（順当に考えると、脱走させることに成功した髑髏男がここに向かう途中、偶然にも侯爵家の連中と鉢合わせてしまった……か？）

考えられないことではない。ただ、こんな風体の輩と、どうして同行する経緯になったのかが不明ではあるが。

よもや囚人と侯爵家が同じ馬車に同乗するわけがないので、連れていた囚人は事前に隠しでもしたのだろう。

（よし、ならばまだ修正は利く……！）

どうにか双方を引き離した上で囚人を連れ戻し、待機している冒険者たちと予定通りに騒動を起こしてもらう。侯爵令嬢を呼びにいく場所が、別邸から近くなっただけだ。

「……主人は自室で休んでおります。用意が整うまで、別室にてお待ちいただいてもよろしいでしょうか？」

いついかなるときでも取り乱すことなかれ――執事の心得のひとつである。

それでも最大限の自制心をもって、シレストンは表面上にしろ、何事もないように冷静な態度で応対した。

「すまんな、執事殿。世話をかける」

「では、案内いたします。なにぶん暗いですので、お足元にご注意を。こちらです」

これで、どうにか時間を稼げる。引き離したこの隙(すき)に、髑髏男には囚人を連れてこさせて――

「兄ちゃんも一緒に行こうよ！」

（えええええ――⁉）

早くも鉄の自制心が綻(ほころ)びそうになった。年若いとはいえ、侯爵令嬢ともあろう者が、一見(いちげん)の者にそのような親しい呼び方をするとは考えづらい。

旧知の間柄(あいだがら)――もしや侯爵家の手の者か。そうなると、踊(おど)らされたのはこちらということになる。しかしながら、依然(いぜん)として指摘してくる気配はない。

（どういうことなのだ⁉　なにがどうなっている⁉　誰か教えてくれ！）

シレストンの思考がぐるぐると空回りする。さまざまな憶測が飛び交い消えていくが、正答には辿り着けない。

案内すると宣言した手前、これ以上、門の入り口で留まっているわけにもいかない。

問題は、髑髏男の立ち位置だ。実際に囚人が姿を消したからには、逃亡に手を貸したのは事実。ならば、少なくとも味方と考えて差し支えないだろう。

髑髏男が味方だとすると、こちらの意を汲み、令嬢らとの同行を断ってここに留まってくれるはず。そうすれば、まだあるいは――

「そうですね、わかりました」

（わかりました、じゃねーよ！　なに同意してんだ⁉　ついてくんじゃねえよ！　敵なのか味方なのかはっきりしやがれ！）

平然としたふりで先導しつつも、その実、胸の鼓動は跳ね上がり、燕尾服の下は汗でびっしょりだ。

かつて経験したこともない緊張感の中、表に出して悟られないことだけに集中し、歩を進める。普段、歩き慣れた邸宅までの道のりが、永遠とも思われるほどに長く感じられた。

（こうなればやむをえん。計画は中止だ！）

絶好の機会ではあったが、今回は諦めるしかない。シレストンはついにそう決断した。

現状の最善は、素知らぬ顔で侯爵家一行を、主人のもとまで案内する。侯爵令嬢の来訪を秘密にしていたことは、あの豚ならなんとでも言いくるめることができる。

囚人の脱走については、もともとあのイリシャという情婦が独自に秘密裏に行なっていたことだ。当初の女の計画に戻して、すべての罪を被ってもらおう。

豚の思惑も虚言ばかりで証拠がない。そもそも、国の諜報員など実在していないから当然のことだ。

待機させている冒険者どもも、護衛と聞かされていたということで押し通す。もとより紹介した以外に関与していないので嘘ではない。

念を入れて、いっさい正体を明かさずに単独行動していたのが幸いした。どこの誰をどう突かれても、〝伯爵執事シレストン〟に辿り着くことはないはず。今回の一連の件で、自分に累が及ぶことはないだろう。

幾分、冷静さを取り戻し、シレストンはエントランスへと続く扉の鍵を開けた。やけに解錠の音が大きく響く。

事前に人払いは済ませていたため、屋敷はひっそりと静まり返っている。暗闇の中、エントランスでは壁に並んだランプの灯がかすかに揺らめいていた。

侯爵令嬢が息を呑んだ気配がしたが、たしかになにかが潜んでいるような不気味さはある。実際、エントランスを抜けた先の中庭には、大勢の武装した冒険者どもが息を殺して潜んでいるのだが、それは夢にも思うまい。

エントランスの三階直通の中央階段を避けて、脇階段から二階に上がることで、中庭を目にすることなく迂回できる。

伯爵の自室は迂回路のさらに先、屋敷の奥まった位置にある。階段さえ上り切れば部屋までは直通だけに、今夜は何事もなく穏便に終えることができる。あと少しの辛抱だ。

シレストンは、小さく吐息を漏らした。

「――待てぇぃ！」

そんなシレストンの安堵を打ち砕くように、階段の踊り場付近に差しかかったとき、段上から高らかな声が上がった。同時に、エントランスが眩しい光に包まれる。

スポットライトを浴びて、ポーズを決める短躯肥満の醜い身体に、癇に障る甲高い声。どこぞの歌劇役者でも真似ているのか、ビロードのマントなど羽織っているが、まったく似合っていない。

それは紛うことなき、屋敷の主人であるクロッサンド・エチル伯爵――その人だった。

「はあああぁぁ――!?」

今度こそ我慢しきれずに、シレストンは叫んでしまっていた。

「現われたな！　国の狗――もとい、不法侵入者らめが！　者ども出合えい！　即刻、排除してくれるわ！　ぐわははははー！」

予想外の人物の登場により、シレストンの計画は最悪の方向へ進みはじめていたのだった。

エントランスの奥から次々と湧き出てくる武装集団。装備品といい、件の冒険者レギオンに違いない。異なる冒険者パーティが数組、利害を同じくして寄り集まった集団が冒険者レギオンと呼ばれ、その総数は構成するパーティ数に比例して倍増する。

今回、シレストンが冒険者ギルドで紹介されたレギオンの構成員は三十名。レギオンの人数としては中規模クラス。レギオンのランクとしてはB。個人としてはAランクの冒険者も所属しているという。その全員がすべて牙を剥いたことになる。

「なにをしておる、シレストン！　そこは邪魔だ、退いておれ！　ここはこのクロッサンド・エチル伯が見せ場ぞ!?」

（ななな、なんという余計なことを仕出かしてくれたのだ、この豚は!?）

シレストンは誇張でもなく、人生最大の危機を迎えて焦っていた。

計画では、クロッサンドは自室で待機していたはずだ。ひとりで報を待つ緊張感に耐え切れなくなり、脳内に変な液でも漏れ出したのか。

トチ狂ってハイになるのは構わない。むしろ興奮のあまり大事な血管でも切れて、卒倒死してくれるのは望むところでもある。しかし、今だけは状況が悪すぎた。

伯爵は、侯爵令嬢が来訪している事実を知らない。当のシレストンが通知していないのだから当然だ。計画が完全に裏目に出たかたちになる。本来なら粋がる豚に、「やめろ」と叫んで一行の正体を明かしたいところだが、そんなことをすると今度は双方に自分の関与を白状するようなものだ、できるわけがない。

興奮しきっている伯爵には、現状がどこまで見えているのか。相手を国からの潜入諜報員と信じて疑わない状態で、一行に少女が交じっているからといって、まともな分別ができるとは思えない。保身の権化と化し、自分に害する存在の排除だけを念頭に、容赦という言葉など、とうに頭の中から消え失せているだろう。

（まずいまずいまずいまずいまずいまずい――）

護衛人はまだしも、侯爵令嬢に傷のひとつも付けようものなら、すべてが終わる。ひとり娘を傷物にされたとあっては、アルクイン侯爵が烈火のごとく憤慨するのは明白。即日、私設軍隊を派遣してきてもおかしくない。大貴族のアルクイン家は、諸侯を納得させるだけの大義名分さえあれば、それを現実に実行できてしまうだけの財力と権力を握っている。そうなれば、事の顛末にかかわらず、伯爵家は一族郎党に至るまで鉄槌を下されることだろう。

唯一にして最大の問題点は、そこにシレストン自身も含まれてしまうことだ。家人の中でも側近であり、高地位にある執事筆頭が、ひとりだけ見逃されることなどあろうはずがない。

事ここに至っては、新たな主人などとのたまっている場合でもなかった。シレストンにとっては、明日の我が身すら知れない状況である。

刻一刻と数を増す冒険者たちは、傍目にも統率が取れており、こういった少人数を多人数で攻める殲滅戦に明らかに慣れていた。この状況下では決してありがたくもないことだが、さすがは賞金首狩り専門の冒険者レギオンというべきか。冒険者ギルドの受付嬢が、新進気鋭と得意げに紹介してきたことが、今となっては憎々しく思い出される。

階段半ばの踊り場で足を止めたわずかな時間に、階段の上下から詰め掛ける人員でシレストンたちは完全に挟まれてしまった。

「こりゃあ、いったいどうなっている⁉」

護衛人の誰とはなしの問いかけに、シレストンはその場に頭を抱えて蹲る。

同じ質問を投げかけたいのは、シレストンも同様だった。途中まで、計画は順調に推移していたはず。どこでこうもすれ違ってしまったのか。それがわからない。

「四の五のいってる暇もねえ！　兄ちゃん、前後に分かれて食い止めるぞ！」

「わかりました！」

侯爵令嬢を踊り場の中央に据え、護衛人と髑髏男が階段の上下に分かれる。

中央階段に比べて、脇階段の横幅はそう広いわけでもない。大の大人が三人も並ぶと、満足に武器を振り回すこともできないだろう。少人数で多人数を相手するのに、場の状況を利用するのはセオリーともいえる。

ただし、襲撃する冒険者側も生粋のプロ、その対応は想定していたようで、闇雲に突っ込んでくるような真似はしない。前衛が剣を盾代わりに、威嚇しながら牽制に徹している。

「狙い打て！」

次いで響いたのは、風切り音と金属音。一斉に矢が射出され、頭上から矢衾が襲いくる。

護衛人が即座に凄まじい剣捌きで矢を叩き落とすが、いかんせん数が多すぎた。一本の矢が、護衛人の剣撃の壁をすり抜けて、侯爵令嬢に迫っていた。

後方で戦っていた髑髏男も反応はしていたが、振り返りざまに背後から足元を斬りつけられて足を取られ、対応が間に合いそうにもない。

「危ないっ！」

シレストンは咄嗟に身を挺して矢の前に飛び出していた。侯爵令嬢の身は、もはや自身の命に等しい。無我夢中での行動だった。

矢は庇い立てしたシレストンの肩口に深々と突き刺さりはしたものの、侯爵令嬢への被害は免れた。

焼きごてを当てられたかのように、シレストンの肩が熱を帯びる。大きい頚動脈付近を傷つけてしまったのか、出血が酷い。肩は熱いのに、身体は寒いという不思議な感覚を覚えながら、シレストンはそれ以上、意識を保っていられなかった。

単なる猪退治のはずでしたが、どうしてこのような事態になっているのでしょう。肝心のイリシャさんとは会えずじまいな上、伯爵邸の玄関口で、いきなり謎の集団の襲撃を受ける羽目になってしまいました。

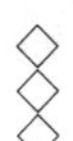

階段の上では、悪趣味なマントを振りかざす不格好な小太りさんが、よくわからないことを喚(わめ)き散らしています。信じがたいことですが、あの人が屋敷の主人の伯爵様のようですね。

ともかく、攻撃されるからには応戦するしかありません。

「兄ちゃん、前後に分かれて食い止めるぞ！」

「わかりました！」

優先すべきはアンジーくんの身の安全です。踊(おど)り場のアンジーくんを挟み、ダンフィルさんと階段の前後に分かれます。

立ち位置から、私の担当は踊(おど)り場後方の下(くだ)り階段部分ですね。すれ違いざま、不安げに身を固くするアンジーくんの頭に手を置き、壁となるべく陣取ります。

（いったい、この方々はなんなのでしょう？）

兵士にしては、各々が独特の服装に個別の装備を身に着けていて、統一性がありません。まるで冒険者のような出で立ちです。もしや、あの小太りさんに雇われた本物の冒険者さんたちなのでしょうか。

私には狙われる理由に心当たりが一切ありませんから、やはり狙いは侯爵家のアンジーくんでしょうか。貴族同士の権力抗争やそういうもので。

さっさと追い払いたいところですが、やけに統率が取れていて、人数以上に厄介です。下り階段を横並びに塞いでは、一歩押せば一歩退き、逆に一歩退けば怒涛のごとく攻め入ってきます。『押さば引け、引かば押せ』の柔道の極意のようですね。

こちらにしてみますと、守るべきアンジーくんからあまり離れるわけにもいきません。いっそ真っ向勝負してくれたら楽なのですが、そうは問屋が卸さないようですね。

きいんっ！

背後からの甲高い金属音に振り返りますと、ダンフィルさんが飛来した矢を弾いたところでした。

さらにはその向こう――ダンフィルさん越しに窺える階上には、弓矢を番えた一団が待ち構えています。その射線上には、アンジーくんが。

「これはいけませんっ！」

救援しようと咄嗟に背を向けた途端、階下にいた相手に脹脛を剣で斬られてしまいました。怪我を負うことはありませんが、反射的に気を取られてしまい、反応が遅れました。
弓の一斉掃射を、ダンフィルさんは鬼の形相で叩き落としていますが、叩き漏らしが一本だけありました。矢は一直線にアンジーくん目がけて迫っています。私の位置からでは間に合いそうにありません。

「危ないっ！」

アンジーくんに抱きつくようにして、代わりに矢を受けたのは執事さんでした。鋭い鏃が肩口に深々と突き刺さっています。

伯爵家の使用人である執事さんが味方してくれた理由はわかりませんが、ともかく執事さんのおかげでアンジーくんは無傷のようです。危ないところでした。執事さんには感謝です。

「おい、兄ちゃん！　このままじゃあ、ジリ貧だ！　連中には魔法持ちもいる。これで魔法まで飛んできたら手がつけられん！　いったん場所を移すぞ！」

「了解しました！　では、おふたりとも、少し目を瞑っててくださいね――ホーリーライト！」

閃光魔法が視界を白く塗り潰します。

数人が直視したらしく叫び声が上がりましたが、大半の方は免れたようですね。対処が早いです。すでに次の行動に移ろうとしています。

事前に声をかけたことを差し引いても、よっぽど場慣れしているのでしょう。それでも、わずかばかりの時間は稼げました。

「はえ？」

「うおっ？　お、おい！」

アンジーくんを左脇に、ダンフィルさんを右肩に担ぎ上げ、ついでに失神している執事さんの燕尾服の襟首を口で咥えます。

『スロープ、クリエイトします』

階下の一階部分にも伏兵が待ち構えていましたので、踊り場の手すりにこさえたスロープを用いまして、その頭越しに一息に玄関口の端まで滑り降りました。

みなさん、私の創生スキルのことは知らなかったようですね。しばし呆気にとられていましたが、即座に切り替えて陣形を整えてくるあたり、さすがですね。

玄関口の隅の壁際にいるこちらは、今度は半円形に包囲されています。

ですが、奇襲による挟撃の窮地は脱しました。アンジーくんという後顧の憂いがないのでしたら、正直、負ける気はしませんよ、私。

怪我をしている執事さんをダンフィルさんにお任せし、三人を背に前に立ちます。

仕切り直しとなったところで、私に応じるように、ひとりの若い男性が悠然と歩み出てきました。場違いにも、呑気に拍手などをしています。態度からして、あちらのリーダー的な方なのでしょうか。

「いや、お見事。まさか、あの必勝パターンから逃げられるとは思わなかったな。さすがは、黄金の髑髏仮面——方々で噂に上るだけのことはある」

はて。私は見覚えがありませんが、あちらは私を——といいますか、スカルマスクを知っているようですね。

「どこかでお会いしたことがありましたか？　覚えがないのですが」

「いいや、初対面だよ。だけど、こちらはあんたのファンでね。ずっと後を追っていたんだよ。まさか獲物側に雇われて、こんな出会い方をすることになるとは思わなかったけどね。そこで提案なんだが……どうだろう、見ての通り多勢に無勢、しかもこちとらBランク以上の猛者ばかり揃えた最強の冒険者レギオンだ、勝ち目はないだろ？　そいつらを見限って、こちらにつかないか？　待遇は期待していいぜ——って、なにやってんだ？」

「アンジーくん、これ被っていてくださいね。危ないですから」

背負っていた土鍋をアンジーくんの頭の上に載っけます。頑丈ですから、ヘルメットの代わりにはなるでしょう。

「ダンフィルさん、ここは私に任せていただけますか？」

「おいおい、今度はなに仕出かすつもりだ？」

「……タクミ兄ちゃん、大丈夫なの？」

「まあまあ、おふたりとも。大丈夫ですから、どーんとお任せください」

「……よう、髑髏仮面。それってつまりは、断るって意思表示だよな？　あ～あ、残念だよ。せっかく誘ってやってるってのに。あんたはもう少し賢いかと――」

「うるさいですね」

「……なんだと？」

相手の顔色が変わりました。途端に、他の連中の気配も剣呑なものに変わります。

「あなた方は、こんな小さな女の子に向けて平気で矢を放ちましたね？　私はあなた方のそんな性根が気に入りません。せっかくのお誘いではありますが、すっぱりお断りします」

努めて平然としていますけれども……はっきり言いまして、これでも私、内心ではかなり怒ってますよ？

アンジーくんは普通の女の子です。もし身体に傷を負うことにでもなったら、どう責任を取るつもりだったのでしょう。ちょっと許せません。これはきつめのお仕置きが必要ですね。

「そうかい。だったら、ベッドの上で養生しながら、ゆっくり後悔するんだな。なに、命までは取らないでおいてやるよ」

「そうですか。私も命まで取るつもりはありませんので、ご安心を。幸いにも、たっぷりと縄も用意しています。あなた方全員を縛るのにも問題なさそうですね。嵩張るのを苦労して、持ってきたかいがありましたよ」

「――おい、あんま舐めたこと抜かしてんじゃねえぞ？　口の利き方に気を付けろよ。こっちが下手に出てれば、いい気になりやがって！　俺たちを『黒色の鉄十字』と知っての――」

「知りません。覚えておくつもりもありませんので、あしからず。では、行きますよ」

『鋼鉄人、クリエイトします』

地響きとともに、双方を隔ててそびえ立つ城壁のごとく、歪な形状の黒鉄色の人型ロボットが出現します。

その身長は見上げんばかりで、高さ十メートル近くもある吹き抜けの玄関口の天井に、完全に頭頂部がめり込んでしまっています。巨木のように図太い鋼鉄の四肢、鎧のように重厚な鋼鉄の胴体、そして鈍く輝く鋼鉄の頭部――まさに鋼鉄人と形容するに相応しい巨人です。

感情のない無機質な鉄の相貌が、対峙するレギオンの面々をじっと見下ろしています。自分で創生してなんなのですが、とんでもない重量感と威圧感がありますね。その威容、想像以上です。

この場にいる誰も言葉ひとつ発せないままに、黒鉄の巨人をただ見上げています。人間、想定外のことに直面したとき、こうなってしまうのですね。

私の手には、アナログなコントローラーが握られています。予想通りといいますか、このコントローラーを手にしている分には、一緒に創生した鋼鉄人も消えないようですね。

「さあ、お仕置きの時間です」

思うがままに、コントローラーを動かしてみます。

連動して鋼鉄人の腕が無造作に振り上げられ――無骨なハンマーパンチが横殴りに振り抜かれました。放心してその腕の動きを追っていた数人が、紙切れのようにまとめて壁まで吹っ飛びます。

「さ、散開――！」

我に返ったリーダーの声にいっせいに相手が動き出しますが、恐慌を来たした状態ではそこにはもう連携もなにもなく、烏合の衆と変わりませんね。

無謀にも、剣で斬りつけたり矢を射ったり、魔法をぶつけたりしていますが、鋼鉄の身体に効くはずがありません。

ならば術者のほうをと、私に攻撃してくる方もいますが、生憎私は鋼鉄人以上の頑丈さだったりしますので、ご愁傷様です。

スティック二本の簡易なコントローラーですが、意外に多彩な動きができるものですね。鋼鉄の手足が操縦に従い、レギオンの方々をことごとく薙ぎ倒していきます。ついでに、勢い余って屋敷の壁や天井も。

「や、やめろ……やめてくれー！　わしの――わしの屋敷があ！」

いろいろ崩壊したり崩落して穴が開いたりしているのですが、そこは小太りさんの自業自得ということで。

結局、全員を退治して捕縛したときには、屋敷は見事に半壊していました。外の風景も丸見えで、ずいぶん風通しがよくなったものです。

とんだ猪狩りになってしまいましたね。やれやれです。

猪狩りから三日が経ちました。すべて世は事もなし、天下は太平ですね。

あの騒動の後、私はひとりで役所まで戻ってきました。ダンフィルさん曰く、囚人がこの場にいるとまずいから、だそうです。

その翌朝から、役所はひっくり返ったような大騒動でしたね。理由は詳しく聞いていませんが、どうやらあの小太りな伯爵様関連のことみたいです。

それについては、私は現場に居合わせただけなので特に関心はありませんが、心残りはイリシャさんとの約束だった〝本当の〟猪退治のほうですね。あの晩以降も何度か冒険者ギルドに赴いてみましたが、結局、彼女に会うことはできませんでした。

　これは私の想像なのですが……あの奇抜な銀色蝶マスクの方は今にして思いますと、私を別の誰かと勘違いしたのではないでしょうか。

　会話だけでの意思疎通とは存外に難しいものです。言葉の端々のちょっとした取り違いや勘違いなどで、どうとでも別解釈されてしまう局面はあります。ただでさえ代理人とのことでしたから、情報が正確に伝わっていなかった可能性も充分にありますね。

　そこで初めて、あの二十枚もの金貨の意味も理解できるというものです。私、思うのですが……実はあれは食材の仕入れ依頼で、私を待ち合わせていた猟師かなにかと勘違いしたのではないでしょうか。それでしたら辻褄が合います。

　そう考えますと、イリシャさんには本当に悪いことをしました。

　あの晩、イリシャさんはそんなことなど露知らず、冒険者ギルドで来ない私をずっと待ちぼうけしていたかもしれません。もしや、アンジーくんの馬車から見かけた人影も、彼女本人だったのではないのでしょうか。

　約束が果たされずに、イリシャさんの本当の実家が今なお猪被害で悩まされていると想像しますと、心苦しいばかりです。次回、お会いする機会がありましたら、今度こそ義理を果たさないといけませんね。

「はぁぁ～～」

　思わず溜め息が漏れます。

　護送馬車の牢の中。鉄格子にもたれかかり、こうしてぼんやりと考え事をしていますと、気が滅入ってきますね。他にやることもないですから、仕方ないわけではありますが。

　今日もまた、朝早くからサランドヒルの役人さんがほぼ出払ってしまったようですので、役所には受付の数人くらいしか残っていないのではないでしょうか。

　役所の敷地内は壁で隔離されているため、周辺には人っ子ひとり見受けられません。ただでさえ、護送馬車は敷地内でも奥まった目立たない場所に繋がれていますから、こうして変わり映えしない風景にも飽きてきましたね。

「……レナンくんは行かなくてもいいのですか？」

「はあ、まあ。僕はもともと別役所所属の部外者ですからね。手伝いは申し出たんですが、やんわり断られちゃいましたよ」

　護送馬車の下、車輪付近の地面に腰を下ろしたレナンくんから声が返ってきます。

　これまでレナンくんは、日中の時間を訓練に参加して費やしていたみたいですが、それもこの騒ぎで中断されていて手持ち無沙汰なようですね。ここ数日というものちょくちょくこの護送馬車を訪れては、こうしてなにをするわけでもなく私と雑談しています。

「それだけこの前の晩の、侯爵令嬢襲撃事件は大スキャンダルだったということでしょうね。このサランドヒル役所にとって、領主のエチル伯爵は不倶戴天の敵だったそうですから。これまでも地位を利用して明らかな犯罪行為を握り潰し、好き勝手やっていたみたいで、役所の人たちもずいぶん苦汁を舐めてきたそうです。でも、今回は被害者側として、かのアルクイン侯爵家が動いています。この機に役所も余罪を含めて総ざらいし、総力を挙げて捜査してるみたいですね。意気込みが怖いくらいですよ」

私は伯爵様である小太りさんとは、あの晩に屋敷でお目にかかった程度しか知りませんが……方々からかなり恨みを買っていたのですね。たしかに善人には見えませんでしたが。

思い返しますと、このサランドヒルの街に立ち寄る経緯になった落石事件も、もとはあの人が起こしたことと言われていましたね。アンジーくんの件といい、碌なことをしない困ったちゃんですね。人の上に立つ地位であるなら、それなりの品格を示してほしいものですよ、まったく。

「そういえば……なんでしたっけ。あのなんとかって人。伯爵様の庶子とかいう。身内になるのでしょうけれど、あの人も捜査に加わっているのですか？」

あの横着そうな態度からして、熱心に働く姿が想像できなくはありますが。

「ああ、えーっと……名前、なんでしたっけ。クラ……クライン？　クラント？　そんな感じの。僕もうろ覚えですけど。あの人は、事件当日に保管庫の鍵を無許可で持ち出した罪で謹慎中ですよ」

「それはまた、どうしてそのような？」

「僕も詳細を教えてもらったわけじゃないから、わかりません。同日だからといって、伯爵事件に関連しているかというと……どうでしょうね？　ただ、持ち出したのはこの護送馬車の檻の鍵だったみたいですけど、タクミさんこそ心当たりありますか？」

「さあ？　とんと心当たりがありませんね」

「ですよね。ただでさえ人望を失くしてて――……事実上の後ろ盾だった伯爵家の件もあって、さらにはこの人自身も普段の素行から問題があったようですから、他にも罪に問われるんじゃないかって聞きました」

途中、話が途切れたのは、レナンくんとの一騎打ちのことを思い出していたのですかね。力を誇示する乱暴者が力で捻じ伏せられたとあっては、それはもう立つ瀬がないでしょうから。

一方的に売られた喧嘩のようなもので、レナンくんが気にする必要はありませんが……そこを気にしているあたり、レナンくんは優しいですね。

「レナンくんが気に病まなくても、あの親にしてこの子ありってところでしょう。子は親の背を見て育つともいいます。問われるべきは、親としての責任を怠った小太りさんと、悪い親を反面教師としないどころか同調してしまった当人ですよ」

「そんなに慰めてくれなくていいですよ。僕だってもう子供じゃないんですから。でも、ありがとうございます」

照れ笑いを浮かべたレナンくんでしたが、馬車下からこちらを見上げる視線が、直後にはじと目に変わっていました。

「それはそれとして、タクミさん！　今気付いたんですけど、どうしてタクミさんがエチル伯爵を知っているかのような口ぶりなんです？　会ったことありませんよね？　まさかとは思いますが、というか信じたくありませんが、当日あの場にいたなんてことありませんよね⁉」

そうでした。

私があの晩に伯爵邸にいたことは、ダンフィルさんから固く口止めされていて、レナンくんにも内緒にしていたのでした。下手に関与したことを仄めかしますと、レナンくんが卒倒しかねませんね。

「そんなまさか。ふひゅ〜、ふひゅ〜♪」

「……まあいいです。問い詰めても後悔しそうなことは目に見えてますから。不本意ですが、あえて不問としましょう」

さすがはレナンくん。よくわかっておられる。だてにこの異世界で一番付き合いが長いわけではありませんね。

「そりゃあ、いい心がけだ」

唐突に割り込んできたのは、あの晩以来となるダンフィルさんでした。

「よっ。お邪魔するぜ、おふたりさん」

気軽な様子で片手を挙げ、煙草など吹かしています。

意識して気配を消していたわけでもないのでしょうが、さほど整地されていない地面を歩いているのに足音もしませんでしたね。護送馬車のすぐ近くに来るまで、私もレナンくんもまったく気づきませんでした。こういったところも、元冒険者の習性なのでしょうか。

「こんにちは。この間はどうも。今日はどのような用件で？」

「いやなに、お嬢からのお使いだよ。心配しているだろうから、あんたにはその後の事情を説明しとけとさ。おかげで領地間を行ったり来たりだ。相変わらず人使いの荒いこった」

「ちょっと、困ります！　囚人との面会には、まずは手続きをしていただかないと！」

馬車の車輪に寄りかかって寝そべっていたレナンくんが、慌ててわたわたと起き上がって言いました。

「そうはいってもよ。受付が無人だったからしょうがないだろ？　誰かいないか捜してうろうろしてたら、こっちから話し声が聞こえたもんでよ」

「ああそうか……受付まで手が回らなくなっちゃったんだ……」

ほとんどの役人さんが出払っているという話でしたからね。本来の通常業務をわずかな人員だけで回しているのでしたら、残った人たちも所内を駆けずり回っていることでしょう。受付がおざなりになっても致し方なしといったところでしょうか。

「こちとら暇なわけじゃない。先日の面会でも身元ははっきりしているんだから、大目に見てもらえるとありがたいがね」

悪戯っぽくいうダンフィルさんに、レナンくんも折れたようでした。

もともと侯爵家という肩書に萎縮している感がありましたからね。肩書に弱いのは、日本も異世界も同じということでしょうか。

「……わかりました。少しの間だけですからね。ただし、立ち合いはさせてもらいますよ」

「おや、いいのかな？　ついさっき、後悔することは聞かないことにすると決めたばかりじゃあ？」

「……そういうことですか。いいんですいいんです、もう勝手にやっちゃってくださいよ。僕はもう知りませんからね。ふーんだ」

ダンフィルさんではなく、私のほうがレナンくんに半眼で睨まれてしまいました。

レナンくんはひとりすたすたと役所のほうに離れていってしまいます。それなりに距離のある役所の壁際まで進み――腕組みをしてこちらに向かい、仁王立ちしていました。

視界には収まるものの声は届かない。付かず離れずのこの距離が、レナンくんの妥協点なのでしょうね。

「律儀な坊主だな。まだ世の中に擦れていないのが微笑ましい」

「やめてくださいよね、ああいう言い方は。また私が後でレナンくんに怒られてしまうではないですか」

「おいおい、怒られるって……兄ちゃんは坊主の兄貴かよ？　あんな物騒な力を持った奴の台詞とは思えんな。ってか、兄弟っていうより、孫を猫可愛がりする祖父さんみたいだな、あんた」

「照れますね」

「照れるのかよ。褒めてないよ。なんでだよ」

反論するとでも思われたのでしょうか。私にとっては褒め言葉です。

「仲良しさんなのは事実ですから」

アンジーくんとダンフィルさん程度にはですね。

ふたりが主従の枠を超えて仲がいいのは見て取れます。ダンフィルさんがアンジーくんを大切にしているといい換えてもいいでしょう。

かねてからの言動もそうですし、煙草ひとつだってそうです。ダンフィルさんの煙草を吸う仕草は、年期があり堂に入っています。ですが、アンジーくんと一緒にいた際には、残り香さえ嗅ぎ取れませんでした。アンジーくんをわずかでも害することがないよう、細心の注意を払っているのでしょうね。

「なにをほのぼの笑ってるんだ、あんた。ったく、本当に毒気を抜かれるよ。本気であの髑髏の中身と同一人物か疑わしくなってくるな……変な奴だ」

「よく言われます」

「言われてんのかよ。しかも、なんでちょっと嬉しそうなんだよ」

「それで、アンジーくんからの事情説明ということでしたが？」

「そうそう、本題を忘れるところだった。言っておくが——侯爵家の家人としても、俺個人としても、部外者で得体の知れないあんたに無闇に情報を渡すべきではないと思っている。だが、お嬢からの頼みで仕方なくだ。そこんとこを忘れるなよ？」

「心得ました。その前に、立ち話もなんですから、差し支えなければ檻の中にでもどうですか？　お茶は出ませんが」

「なんでだよ。明らかに差し支えあんだろ。なにが悲しくて俺まで檻に入らにゃならんのよ」

　そうですか、残念です。やはりお茶かお茶菓子でもなければダメということですね。今度、レナンくんに頼んでみましょうか。

「疲れるから、余計な気は使わなくていい。まず最初に、お嬢は無事だ。怪我ひとつなく健康そのもの。襲撃を受けたことによる精神的なダメージもない」

「それはなによりですね」

無傷なのは知っていましたが、あれだけの強面の人たちに襲われたのですから、トラウマになってはいないかと心配していたのですよ。

「お嬢は旦那の命で、翌日には侯爵領に戻された。今は自領の屋敷の中だ。あんたに会いたいと駄々こねるくらいには元気だ。そこは安心しろ。ただし――」

「ただし？　なんです？」

「あのときの鉄の巨人が、いたく気に入ったようでな。帰ってからも興奮しっ放しで、家でも造れと我がままを言って使用人たちを困らせている。ついでに巨人ごっこで、高価な調度品や家具が大量に犠牲になった。どうしてくれる」

「すみません……」

……トラウマどころか、余裕ですね、アンジーくん。

忘れていましたが、アンジーくんは幼い頃から、海の漢ガルロさんなど強面の荒くれ者たちに囲まれて育っていたのでしたね。海賊船にも同乗しているくらいでしたし。ああ、なんとも逞しい。

どうもアンジーくんでしたら、女の子ながら怪我のひとつくらい気にしないように思えてきました。怪我は勲章とか普通に言ってのけそうです。

「怪我と言いますと、アンジーくんを庇ったあのときの執事さんはどうなりました？　あの後にヒーリングはかけておきましたので、命に別状はないでしょうが」

肩の傷は神聖魔法で塞がりましたが、私がみなさんと別れるまでに意識は取り戻さないままでした。

失った血が多かったことと、受けた鏃になんらかの薬物が塗られていたせいらしいですが。

「執事のシレストンはお嬢を助けた功績を買われて、当家で引き取ることになった。今回の件を機に、旦那――アルクイン侯爵が本腰を入れてエチル伯爵家を潰すつもりだからな。ただ、俺の勘では……今回の一件、あの執事が裏でなにか噛んでいたことは間違いない」

「それがわかっていながら引き取るのですか？」

器が大きいといいますか、それほど娘さんを大切に思い、恩人に対しての恩義を感じているということでしょうか。

「むしろ、それがわかっているからってのが本音だな。仕える主人を悪しざまに言うのもなんだが、うちの旦那は腹黒でな。腹黒同士で波長も合うんじゃねえかな。腹心にでもするつもりかもしれん、あれは。伯爵家を完璧に潰すのにも、内情に詳しい者がいたほうが都合がいいからな」

前言撤回ですね。あの率直なアンジーくんの親御さんですのに、どうしてなのでしょう。アンジーくんは母親似なのでしょうか。

「その伯爵だが……ここだけの話、お嬢を襲うつもりはなかったようだな。成り行き上のことらしい」

「ええっ、そうなのですか？　あれだけ周到に準備していたからには、てっきりそうだと……」

　要人となりますと、あのメンバーの中では侯爵令嬢のアンジーくんしかいませんでしたからね。

「よく考えてもみろ。あの日、俺とお嬢があの場にいたのは、あんたに付き合っただけの偶然だ。かといって、スカルマスクだったたか、変装していたあんたを襲う理由も考えにくい。こいつも俺の勘だが、俺たちの他に、あの晩に訪問する予定だった客がいたんだと思う」

「つまり、あの小太りさんは間違って私たちを襲ってしまったということですか……」

　それはなんともご不幸な。結果的にそれが高位貴族の令嬢で、お家取り潰しの咎とされてしまうとは、世知辛いですね。他人を襲撃しようとしていた時点で、自業自得ではあるのでしょうが。

「本人から理由を聞き出せると手っ取り早いんだがな。クロッサンド伯爵自身がいまだ錯乱状態で、取り調べでも話に要領を得ないらしい。国からの諜報員がどうだとか、意味不明なことを繰り返しているそうだ」

「では、あのときの冒険者の方々も？　なんでしたっけ、冒険者レギオンの、あの……そうです、〝縛ると黒いっす〟とかいう方々」

「……そんな卑猥そうな名前だったか？　俺もよくは覚えていないな。最近の冒険者はイメージ先行で、語感や耳ざわりがいい名前ばっかりつけようとしやがる。いくら名前を売るのも冒険者の仕事だといっても、実力が伴っていないんじゃなあ……先輩冒険者として嘆かわしい」

「ちなみに、ダンフィルさんが現役のときにはどういった名前を？」

「俺か？　俺が所属していたパーティは〝紅い雷光〟だ。有名だったんだぜ？」

……あまり方向性が変わらないような気もしますが。

どうして、こちらの冒険者の方々は、名前に色関連と内容が想像しにくい言葉を入れたがるのでしょうね。私には共感できません。

名前でしたら、〝青空青年団〟とかで充分ではないでしょうか。爽やかイメージです。

あ、これも色入ってましたね。では、〝涼風青年団〟で。完璧ですね。

「話が逸れたな。で、そのレギオンだが、依頼内容としては賞金首の捕り物だったらしくてな。俺らは賞金首一味と勘違いされたってわけだ」

「なるほど」

「あっさり流すなよ。兄ちゃんは本物の賞金首だろうが」

そうでしたね。忘れていました。

「あの方々も、伯爵様に騙されていた……というわけですね」

「冒険者として、騙されるあいつらが未熟なんだよ。依頼内容の吟味と裏付け、特に討伐依頼の場合は対象の確認は必須事項だ。そいつを怠った自己責任だな。あれでBランクレギオンとは、冒険者の質も落ちたもんだ。ただそれでも旦那からの温情で、今回の襲撃についてあいつらは不問とされた。実際には伯爵領を手に入れる大事を前に、他の関係ない些事にかける時間が惜しいということだろうがよ」

聞けば聞くほど、アンジーくんのお父さんのほうが悪役っぽく思えてきますね。

「かなり手痛い授業料も払ったことだしな。連中も少しは懲りただろ。くくっ」

にやにや顔でダンフィルさんからチラ見されます。

まあ、私もついつい興が乗って、少々やりすぎてしまったことは反省しています。ですが、ロボットはいくつになっても男のロマンなのですよ。

「最後にだ。これが今回の本題ではあるんだが――あんたはあの場にいなかった。いたのは、偶然、行きがかりで同行していたスカルマスクとかいう変態仮面だ。正体は誰も知らない――そういうことにしている。旦那にも内緒にしていることだから、あんたもそのつもりでな。あんたは当日の夜、変わらずにずっとこの檻の中にいた。今回の一連の情報含めて、くれぐれも他言無用で頼むぜ？」

決して変態ではありません。

「一部だけ、納得できない個所はありましたが……わかりました。わざわざ、ありがとうございます」

「礼はいらん。念を押しておくが、これはあんたのためじゃない。これだけの大事件だ、世間からの関心も高い。脱走した賞金首と一緒にいたなんぞ、バレでもしたらまずいんだよ。本来なら当家のために、口を封じたり脅したりするところだろうが……そのどっちもあんたには無理そうだからな。第一、お嬢が許しやしない。だからこうして頼んでいる。お嬢のためにも頼むぞ?」

「わかっていますよ」

アンジーくんの名前を出してくるあたり、信頼まではされていませんが、一応信用くらいはされているみたいですね。口ぶりからも、それがわかります。最初はあれだけ警戒されていましたから、すごい進展ではないでしょうか。

先日までのやり取りから、ダンフィルさんは思慮深い方だと思ってはいましたが、こうして短い時間ですが話してみて、根が真摯な裏表のない方だということも感じ取ることができました。こういう方が、常にアンジーくんのそばについていてくれるのでしたら安心です。嬉しくなってしまいますね。

「さて。これで話はしまいだ。用は済んだから、俺はもう行かせてもらうぜ。これ以上長引かせたら、あの坊主にも気の毒だからな」

ダンフィルさんに促されて見てみますと、レナンくんが役所の手前付近をすんごい勢いで∞の形にぐるぐる回っていました。

あらら。話に夢中になってしまい、レナンくんのことを忘れていましたね。歩き回りながらも、顔がこちらを注視したまま一切動いていないのが怖いですね。物凄く不安を駆り立てて、負のオーラが立ち上っている幻まで見えます。

ダンフィルさんがこちらから離れますと、入れ替わりにレナンくんが勢い込んで戻ってきました。

途中のすれ違いざまに、ダンフィルさんとなにやら二～三言を話したようですが、こちらまでは聞こえませんでした。

「お話は終わったみたいですね。長話だったんで、なにが起こっているのかと冷や冷やしてましたよ」

「いやあ、申し訳ありませんでした。話が弾んでしまいまして」

詳しい内容は避けておきましょう。口止めされていることもありますが、レナンくんには刺激が強すぎて卒倒確実でしょうしね。

こうしてサランドヒルの街での騒動も終え、私たちは王都への護送に戻ることになりました。

一週間ほども滞在することになりましたが、結局、王都からの返事は来ずじまいでした。それでも再開を決めたのは、伯爵家の相次ぐ調査で、サランドヒルの役所がさらに慌ただしくなる最中、部外者が居座り続けるのも邪魔になるとの判断です。

返事が遅れすぎているのも気になりました。当初のレナンくんの想定では、早馬の往復で三日もあれば充分に返事が来るはずでした。一日や二日程度遅れるのでしたらともかく、倍以上の日数が経過しても音沙汰がないのは、明らかにおかしいそうです。こうなりますと、途中でなんらかのアクシデントがあった可能性も否めません。

護送任務遂行中に、緊急性や異常性が認められる場合には、行動の決定を護送責任者の裁量に委ねる規則があるそうです。サランドヒル役所のハイゼル所長さんにも、今回の件はそれに当たるとの後押しをいただき、とりあえず道中の役所で確認を取りつつ、先に進んでみようということになったわけです。

私も檻で日中じっとしているのも飽き飽きでしたし、それはレナンくんも同じようでした。

「ノラードにいた頃は、こうしたのんびりした日が大半だったんですけどね。タクミさんとの護送の日々が過激すぎたんで、なんだか物足りない気分でしたよ。ははっ」

などと、馬を操りながら言ってのけるレナンくんも、一皮も二皮も剥けたものですね。

近頃は護送馬車が襲撃を受けましても、私の助力なしに撃退しています。こうして成長を見守るのもいいものですね。

しかしながら、順調な旅路とは逆に、その間も王都からの返事は一向にありませんでした。

さらに数日を要して複数の村や町を通りすぎましたが、レナンくんへの返事どころか、王都とのすべての情報のやり取りが滞っているという有様です。

そして、王都へ至る最後の駐留場所となるザフストン砦に辿り着いたとき――私たちはその驚くべき事態を知ることになりました。

それは、大規模な魔王軍による、王都カレドサニア陥落の報です。

あとがき

お初にお目にかかる皆様は、はじめまして。それ以外の方々はお久しぶりでございます。作者のまはぷるです。

この度は、文庫版『巻き込まれ召喚⁉　そして私は『神』でした??3』をお手に取っていただき、誠にありがとうございます。

本作もついに三巻、主人公にもようやく『神』としての自覚が出てきた頃合いです。とはいえ、思考や行動自体はさほど変わりませんが。

Ｗｅｂ小説だった本作が、書籍化のお話をいただけたのも、ちょうど本巻の内容あたりを執筆していた頃でした。

まあ元々、私自身がこの作品は作風として書籍化に適していないのではないか、と少し後ろ向きに考えていました。そのため、アルファポリス様の出版申請制度に出すことは控えていたのです。しかし、執筆量が書籍換算で三巻分とそれなりに膨らみ、幸いなことに読者様方から応援もいただいておりましたので、思い切って出版申請をしてみることにしました。

思い出作りと自分に言い聞かせていたものの、もしやと淡い期待を込めて日々を過ごしていたのを覚えています。そして、いざメールで返信があったとき、ビビリな私は件名を眺めただけでメールを閉じてしまい、数時間も放置していました。

いざ覚悟を決めてメールを開き、作品を褒めていただいたときは、それはもう嬉しかったです。あまつさえ、〝刊行〟などという単語が飛び出たときには、「本気か⁉」などと失礼なことを口走ってしまいました。自分から出版申請しておいてなんですが（笑）。

それからは、やることなすこと初めてのことばかりで、ゲラ？　三校ってなんぞや？と初歩の初歩から始まり、方々の皆様に色々とご迷惑をおかけしました。

ただ、自分が勝手気ままに描いた空想に、表紙や挿絵のイラストが付き、本という形になっていく工程は、実に興味深くて楽しいものでしたね。発売日にこっそり覗きに行った本屋で本作を見つけたとき、ようやく初めて書籍化された実感を得たものです。

それが今では文庫版のみならず、アルファポリスのＷｅｂサイトではコミカライズ化もされており、そちらも書籍化に手が届きそうな勢いです。よろしければ、漫画家のトミイ大塚さんによる、また違った世界もご堪能（たんのう）くださいませ。

それでは、また次巻で皆様にお会いできることを楽しみにしております。

二〇二一年四月　まはぷる

アルファライト文庫

この作品に対する皆様のご意見・ご感想をお待ちしております。

おハガキ・お手紙は以下の宛先にお送りください。

【宛先】

〒150-6008 東京都渋谷区恵比寿4-20-3 恵比寿ガーデンプレイスタワー8F
（株）アルファポリス　書籍感想係

メールフォームでのご意見・ご感想は右のQRコードから、
あるいは以下のワードで検索をかけてください。

ご感想はこちらから

本書は、2019年5月当社より単行本として
刊行されたものを文庫化したものです。

巻き込まれ召喚!?　そして私は『神』でした??3

まはぷる

2021年4月30日初版発行

文庫編集－中野大樹／宮田可南子
編集長－太田鉄平
発行者－梶本雄介
発行所－株式会社アルファポリス
〒150-6008東京都渋谷区恵比寿4-20-3恵比寿ガーデンプレイスタワー8F
TEL 03-6277-1601（営業）03-6277-1602（編集）
URL https://www.alphapolis.co.jp/
発売元－株式会社星雲社（共同出版社・流通責任出版社）
〒112-0005東京都文京区水道1-3-30
TEL 03-3868-3275
装丁・本文イラスト－蓮禾
文庫デザイン—AFTERGLOW
（レーベルフォーマットデザイン－ansyyqdesign）
印刷－株式会社暁印刷

価格はカバーに表示されてあります。

落丁乱丁の場合はアルファポリスまでご連絡ください。

送料は小社負担でお取り替えします。


ISBN978-4-434-28766-4 C0193